梔子姫は鬼の末裔と番う

七つ屋若月堂と勿忘の質物

東堂燦

ポプラ文庫ピュアフル

目次

梔子《くちなし》姫は鬼の末裔と番《つが》う

七つ屋若月堂と勿忘の質物

東堂燦

序

闇夜を照らすように、煌々とした炎が揺れている。

果琳《かりん》の大事なものを呑み込みながら、赤く、赤く燃えあがっている。

生まれ育った館は、夜中、目を覚ましたときには火の海だった。

三階にある自室から、果琳は廊下に飛び出した。心細さを堪えながら、階段を降りようとして、眼前に広がった光景に絶望する。

階下は、すでに火の手がまわっていた。

足が竦《すく》んでしまう。十にも満たない子どもだった果琳は、火の中を駆ける勇気が持てなかった。

早く逃げなければならない。

だが、どのように逃げるべきか分からなかった。

あちらこちらで炎が揺れて、崩れゆく館の中、果琳は座り込んでしまう。

引き返して、自室の窓から飛び降りるか。

だが、三階の窓から飛び降りて、無事でいられる自信はなかった。外に出ることはできたとしても、きっと、怪我をして動けなくなる。

迷っているうちに、どんどん息が苦しくなって、視界がぼやける。周囲の状況さえも、まともに分からなくなった。

両目から止めどなく涙が溢れた。

このまま、炎に包まれて死んでしまうのだろうか。

そう思ったとき、果琳の頭に浮かんだのは、愛情深い両親でも優しい使用人たちでもなかった。

小さな果琳には、秘密の友人が二人いた。

館にある梔子《くちなし》の庭に迷い込んできた、二人の子ども。

月のように美しい黎《れい》、笑顔の可愛い有希也《ゆきや》。

館の敷地から出たことのない果琳にとって、外の世界を教えてくれた友人たちは特別な存在だった。

今日も日が暮れるまで、二人は会いにきてくれていた。

果琳は祈るように、すがるように、震える手を握りしめる。別れるとき、二人と手を繋いだことを思い出すように。

「また、会いにきてくれますか？」

外の世界に帰ってゆく二人の背中に、果琳は問いかけてしまった。

今まで口にすることができなかった問いだった。

果琳は、いつも二人の訪れを待っているだけだった。

館から出ることはできず、自分から会いにいくことはできない。だから、二人が庭を訪れなくなったら、二度と会うことはできない。

ずっと、そのことが怖くて堪らなかった。

「あなたが望むなら、いつまでも会いにくる」

黎はそう言って、果琳の左手を握った。生白く美しい手は、果琳の不安を優しく拭ってくれる。

有希也は困ったように笑ってから、何も言わず、果琳の右手を握った。言葉よりも強く果琳の心に寄り添う、あたたかな手だった。

「嬉しいです。ずっと三人で、仲良くしましょうね」

いつまでも三人でいたかった。

叶うならば、いつの日か、ひっそりと隠れて会うのではなく、三人で外の世界を歩いてみたかった。

そんな果琳の願いは、おそらく、もう叶わない。

黎に感じていた友情は、あの遣り取りを最後に途絶えてしまう。

(有希也さんに会いたい)

そして、有希也に抱いていた恋心も、叶うことなく炎に呑まれてしまうのだろう。

「果琳！」

気を失いそうになったとき声がした。

きっと、最後に会いたい、と望んでいた人の声だと思った。

「有希也さん？」

果琳が好きになった男の子は、燃えさかる館に飛び込んできた。意識が朦朧《もうろう》として
いた果琳のことを抱きあげて、炎の中から助け出してくれたのだ。

それは宝石のように、きらきらとした初恋だった。

十年経った今も、果琳はその恋を抱きしめたままでいる。

一・傷物の人形

The Damaged Doll

十七になった果琳のもとに、親友の訃報が届いたのは、秋のことだった。

木々が真っ赤に染まるような紅葉の季節、いつも心待ちにしていた親友からの手紙は届かなかった。

手紙の代わりに届いたのは、親友の死を知らせる悲しい報せだった。

「黎ちゃん」

故郷たる帝都を離れて、十年もの時が流れた。その間、会うことは叶わなくとも、ずっと手紙を交わしていた友人だった。

火事で両親を亡くして、遠縁《とおえん》の老夫婦に引き取られることになった果琳を、根気よく励まして、支えてくれた人だ。

親友が亡くなったならば、その死を弔《とむら》わなければならない。

もう、この声は黎には届かないのだとしても、せめて黎の旅路が幸福なものであるよう祈りたい。

果琳は、困った顔をする養父母に頭を下げて、ひとり帝都行きの列車に飛び乗った。

大きな音を立てながら走る列車の中、果琳は端の席に腰かけて、掌に爪が食い込むほど強く拳を握りしめた。

そうしなければ、身体の震えを止めることができなかった。

(黎ちゃんが亡くなったなんて嘘です。そう思いたいのに)

そうやって現実を否定しようとすればするほど、鞄に入っている訃報が、何度も頭を過った。教本をそっくりそのまま書き写したかのような、温度のない淡々とした文字の並びが、黎の死を突きつけてくる。

果琳が帝都に着いたときには、空は赤く染まり、日が沈みはじめていた。

帰り道を急ぐ人々や、反対にこれから街に繰り出そうとする者たちで、帝都の大通りはごった返していた。

果琳は人混みを縫うように歩いて、目的地の前で足を止めた。

活気あふれる大通りの一等地に、その店はあった。

店だと思ったのは、締め切られた扉に《商い中》という札が掛けられていたからだ。

何をあつかっている店なのか見当もつかないが、何かしらの商売をしていることだけは分かった。

異国の建築様式を取り入れた、小洒落た建物であった。

ほんの少しだけ懐かしさを覚えたのは、果琳の生まれた館も、同じように異国めいた雰囲気があったからかもしれない。

遠縁の夫婦に引き取られてからは、すっかり縁遠くなってしまったが、かつて果琳の周りには、異国の文化が感じられるものがたくさんあった。

（住所は、ここで合っているのでしょうか？　黎ちゃんの住んでいた家とは、違うみたいですけれど）

親友の訃報には差出人の名はなく、帝都のとある住所だけが記されていた。

いつも黎宛の手紙を送っていた住所と違ったので、不思議に思ってはいた。足を運んでみると、黎とは結びつかない謎の店がある。

果琳は片手を頰に添えて、しばし考え込んでしまう。

きっと、黎の訃報を送ってくれた人が営んでいる店なのだろう。だが、その人物と黎の関係性が分からなかった。

「果琳？」

立ち尽くしていた果琳は、男の声に振り返った。

とても背の高い男性が立っていた。

太陽の光を知らぬような白い膚《はだ》が、夕暮れの赤によく映える。

端整な顔立ちをしている。形の良い眉に、長い睫毛《まつげ》に縁取られた目、すっと通った鼻筋、薄い唇。何もかもが、これ以上なく、彼にふさわしい形をしていた。

美しく、美しいからこそ浮世離れした男だ。

ただ、その顔にある大きな火傷の痕だけが、彼を人の世に留めるようであった。

見知らぬ男だと思った。しかし、その火傷から、果琳は彼が誰なのか気づいた。

十年前、大火事の中、果琳を助け出してくれた子がいた。

「有希也さん、でしょうか？」

かつての果琳が恋した人は、にっこりと笑う。涼しげな顔立ちに反して、ずいぶん可愛らしい印象を受ける笑顔だった。

「久しぶり。まさか帝都にいるとは思わなかった。どうしたの？　君、遠縁の夫婦に引き取られてから、ずっと帝都には来ていなかっただろう？」

「え、ええ。……有希也さんは、あの、黎ちゃんの」

黎のことを尋ねようとして、果琳は言葉に詰まった。

そもそも、黎と有希也は、大きくなってからも親交があったのだろうか。

十年間、親友である黎とは文通していたが、有希也とは没交渉になっていた。黎との手紙でも、ずっと有希也の近況を尋ねることができなかった。

果琳は、自分が帝都から離れた十年分、有希也のことを知らない。

「黎が死んだから、帝都まで出てきたの？　君は優しい子だからね」

「いても立ってもいられなかったのです。黎ちゃんは親友ですから。……この前の、お手紙まで元気だったはずなんです。いきなり亡くなるなんて、そんな」

果琳のまなじりに涙が滲む。

訃報が届いたとき、目の前が真っ暗になった。帝都に飛び出してきた今ですら、やはり黎が亡くなったとは信じたくなかった。

有希也は困ったように眉を下げる。

「黎は困ったやつだね、こんな可愛い女の子を泣かせるなんて。君を泣かせるくらいなら、黎の訃報、送らない方が良かったかな？」

「え？」

「差出人の名前も書かずに、ごめんね。俺が送ったんだ。黎の遺品整理をしたとき、君が黎に送っていた手紙を見つけたから。ずっと文通していたんだろう？」

「有希也さんが、黎ちゃんの訃報を」

「良かったら、中に入って。俺の店なんだ」

有希也はそう言って、果琳を建物の中に招いた。

「七つ屋《若月堂《わかつきどう》》？」

どうして、今まで気づかなかったのか。

商い中の札がかかった扉のうえに、店の名前を記している看板があった。

七つ屋とは、いわゆる質屋のことである。利用したことはないが、どのような商売であるのか、世間知らずの果琳でも知っていた。

何かしらのものを質にとり、金銭の貸付を行っている店のことだった。

有希也が扉を開けると、店内の様子が見えてくる。

そこは、ひとたび足を踏み入れたら、ずっと抜け出せなくなるような魅力のある空間だった。

広々とした店内は、異国情緒に溢れていた。

床は板や畳ではなく、輸入ものの華やかな綴織《つづれおり》の絨毯《じゅうたん》が敷かれている。中央には、来客用なのか、座面の高い椅子が何脚かあり、一本脚の優美なテーブルが澄ました顔で置かれていた。

見上げた天井付近には、丸い窓があり、外から光が降りそそぐ。

窓に嵌《は》められたガラスが、不揃いに切り出した色ガラスを組み合わせたものだからだろう。さまざまな色に染まる光が、夢のように美しくて、ほう、と思わず溜息をついてしまう。

鮮やかな色を宿した光が照らすのは、多種多様な品々だった。

果琳は、自分の知らない言語で書かれた書籍の並べられた本棚を見た後、いくつも置かれたガラス製の戸棚に視線を遣る。

空っぽに見える小瓶、舶来と思しき眼鏡や顕微鏡。つばの広い帽子、首飾りや耳飾りなど、たくさんのものが丁寧に収められていた。

中には、包丁や刀といった刃物まで置かれている。

また、棚に入らないような品もあり、トルソーに飾られた白いドレスや、衣桁《いこう》にかけられた振袖なども並んでいる。

統一感のないそれらの品々は、有希也の商売を意識させる。

「本当に、質屋さんなんですね。いろんなものがたくさん」

「俺一人で集めたわけではないけどね。家業なんだよ」

有希也の家は、代々、質屋を営んでいるらしい。そんなことさえも、十年ぶりの再会で知った。

(わたしは何も知りませんでした)

果琳は、幼い頃の思い出を大事に抱きしめていた。

しかし、その思い出とは、外から見たら、石ころみたいに価値のないものだったのかもしれない。

果琳が一方的に、宝石のように価値あるもの、と思っていただけ。

有希也に対する恋心も同じだった。

大切な初恋。

そう思いながらも、この十年間、ずっと帝都を訪ねることはなかった。事情を知らない人間から、所詮その程度の想い、と断じられても仕様がない。

(でも。わたしは有希也さんに会う資格がなかったから)

十年前、果琳を助けるために、有希也は火傷を負った。その負い目があったから、有希也に合わせる顔がなかった。

こんな風に、予期せぬ再会をするとは思わなかった。

「有希也さんは、ずっと黎ちゃんと交流があったんですね。仲良しでした？」

果琳に訃報を送るくらいなのだから、親しい仲だったのだろう。

「仲良しというよりも腐れ縁だよ。しょっちゅう顔を合わせていた。それに、お客様でもあったから」

「黎ちゃんが、有希也さんのお客さん？」

「金を返してくれる前に、ころっと死んでしまったけどね」

果琳は眉をひそめる。

「黎ちゃんは、何か困っていたのでしょうか？」

黎は子どもの頃から真面目な人だった。言葉こそ少なかったが、いつも誠実で、果琳の寂しさに寄り添ってくれた。

黎の気質を考えると、賭博などで身を崩したとは思えない。

質屋から金を借りるならば、よほどの理由があったのではないか。

「黎が金を借りた理由は秘密。黎との約束だからね。でも、何も言わないのは可哀そうだから、ひとつだけ教えてあげる。黎は自殺ではないよ。借金を苦にして、自分から命を絶ったわけではない」

有希也は何てことのないように言う。

だが、その何てことのないことが引っかかっていたので、その点を知ることができたのは良かったのだろう。

もし、借金を苦に自死を選んだならば、果琳は自分にもできることがあったのではないか、と悔やんだ。

(自殺ではないのなら、どうして？　手紙を読んでいる限り、あんなに元気そうだったのに)

果琳は小袖の胸元を、ぎゅっと握りしめる。

死ぬ直前まで、黎は何かを隠していたのだろうか。

命を失うほどの大病を患っていたのか。それとも、何か恐ろしい出来事に巻き込まれて亡くなったのか。

「黎ちゃんの死因は……」

果琳の言葉を遮るように、りぃん、と澄んだドアベルの音が鳴った。

「ごめんね。お客さんだ」

店内に入ってきたのは、中肉中背の男であった。

いかにも人が良さそうな柔和な顔立ちをしている。若々しく見えるが、おそらく果琳や有希也の親ほどの年齢だろう。まなじりに笑いじわの刻まれた顔は、男が生きてきた歳月を感じさせた。

男は物珍しそうに店内を見渡したあと、奥にいる有希也と果琳に気づいて、安心したように息をついた。

「すみません。七つ屋の看板を見てきたのですが……」

「いらっしゃいませ」

有希也は優しく微笑んで、男を歓迎する。

果琳は、ひとまず話の邪魔にならないよう、店の外に出ようとする。

「果琳、そこにいても良いよ。申し訳ありません、うちの従業員が同席しても構いませんか？」

有希也は、さらり、と果琳のことを従業員と説明した。嘘であったが、果琳が訂正する前に、ふたりの話が始まってしまう。

「もちろん。こちらは、お金を貸していただきたい、とお願いに参った身ですから」

男は恥じ入るように声を小さくした。

「ありがとうございます。どうぞ、おかけになってください。七つ屋《若月堂》は、助けを求める皆様の味方です。きっと、お役に立つことができますよ。お名前をお伺いしても？」

「風見《かざみ》と申します」

男は、ぼそぼそと家名だけを名乗った。有希也は、家名だけでも思い当たる節があったらしく、笑みを深めた。

「もしや繊維業を営んでいらっしゃる？　諸外国とも貿易を行っているような」

「すっかり落ちぶれている家なのに、よくご存じで。儲けていたのはひと昔前の、私の祖父が生きていた時分だ。あなたのようなお若い方は、てっきり知らないかと」

「そう謙遜なさらずに。ご立派なお家ではありませんか。……ただ、そうですね、この頃は諸外国も血の気が多いと聞きます。戦争の影響で、貿易が絡むような商売は厳しい時代が始まっている、という噂がありましたね」

「おっしゃるとおりで。戦争の煽りを受けて、いよいよ首が回らなくなったんですよ。銀行の借金だけなら良かったのですが、亡くなった父が良くない高利貸しからも借金をしていたんです」

「このあたりの良くない高利貸しと言えば、いくつか思い当たるところがあります。昔から、御上の目を掻い潜って、いえ目溢しをしてもらって、いろいろと好き勝手している連中だ。うちのお客さんにも多いんですよ、彼らに借金をして、とても人に言えないようなひどい取り立てをされている方々が」

「はは。そういった輩の手を借りなければならないほど困っていたんです。もうふつうの銀行では門前払いだったので」

「銀行は慈善事業ではありませんからね。返すあてがなければ、追加で金を貸すことはできない。ご尤もでしょう。もちろん、あなた方のお気持ちは察するものがありますが。おつらかったでしょう？」

有希也は眉をひそめて、風見に寄り添うように優しく問うた。

途端、風見の両目から、ぽろり、と涙が溢れた。

有希也や果琳からすると、親ほどの年齢にあたる男性が、まるで小さな子どものように涙を流していた。自分が泣いていることに驚いたのか、風見は慌てて、くたびれたスーツの袖で涙を拭おうとする。

果琳は鞄からハンカチーフを取り出して、風見に差し出した。

「ありがとう、お嬢さん。情けない姿をお見せして申し訳ない」

「情けないなんて、そんなことは思いません。その、たくさん頑張られたのでしょう？　涙が出るほどに」

果琳のような小娘の言葉は、薄っぺらに聞こえてしまうかもしれない。

だが、本心からの言葉だった。今まで力を尽くしてきたであろう人の涙を、情けないなどとは思わなかった。

涙が出るほど、風見はこれまで事業を守ろうと努力してきたのだろう。

「お優しいお嬢さんだ。すみません、店主。このような厳しい状況で、恥を忍んで、お頼み申し上げます。どうか、お力をお借りできないでしょうか？」

風見は深々と頭を下げる。

「お顔をあげてください。きっとお役に立てます、と言ったでしょう？　ぜひ、お力添えさせてください。うちはね、こう見えて良心的な質屋のつもりです。利子も取りませんから」

風見は顔をあげて、目を丸くした。

「利子を取らない？」

「取りません。返済は毎年一回。質入れしていただくのも、たったひとつで結構ですよ。それだけで、いくらでもお貸ししましょう」

「あまりにも、私どもにとって都合が良いのでは？」

「いいえ。こちらにとって都合が良いのです。――質入れしていただくものは、あなたにとって大切なもの、俗世間の価値ではかることができないもの」

有希也は微笑んだ。

薄く、形の良い唇が弧を描く。透きとおるような白い膚《はだ》をしているからか、その唇の赤が、瞼《まぶた》の裏に焼きつくようだった。

有希也は上から覗き込むように、風見と視線を合わせる。

真っ黒だと思っていた有希也の瞳は、よく見ると紫がかっていた。まるで宝石のように美しい瞳だった。

有希也は風見の目を、否、その奥にある頭の中を覗き込むかのように、じっと見つめている。

「あなたの大切な《お姉様》を質入れしてください」

「姉？　私は一人息子ですから、姉などおりません。そもそも、人間を質入れするなど……」

「お心当たりがあるでしょう？　あなたが、姉様、と呼んでいる人形ですよ」

風見が息を呑む音が、店の中に響いた。

「どうして、あの人形のことを？」

「家業として、代々こういう商売をしていると分かってしまうのですよ。お客様が何を大事になさっているのか」

荒唐無稽《こうとうむけい》な話だった。その人が大事にしているものなど、初対面で分かるはずもない。

それこそ頭の中でも覗き込まない限り。

「あの人形に価値はないかと思います」

「可愛い顔が、潰《つぶ》れているから？」

「……そんな、そんなことまで、お分かりで？　店主は、何か神通力《じんつうりき》のようなものをお持ちなんですか」

「神通力！　そんなたいそうな力はありません」

有希也は芝居がかった仕草で両手を広げる。

風見は青ざめた顔のまま、考え込むように口元に手をあてる。有希也の言う人形に思い当たる節があっても、その人形を質入れすることをためらっている。

人形ひとつで、破格の条件で金を借りることができる。

そう分かってても決断できないほど、彼にとって思い入れのある人形なのだ。

有希也の言ったとおり、風見にとって大切なもの、俗世間の価値ではかることができないもの。

「少し！　少し、考えさせていただいても？」

「もちろん。いつでもお待ちしております。とはいえ、答えは決まっていらっしゃると思いますが」

風見は、慌てて頭を下げると、まるで逃げるように若月堂を出ていった。

店内には、果琳と有希也だけが残される。

「驚いた？」

「有希也さんには不思議な力があるのですね」

「こういう商売を家業として続けるには、これくらいの力がないと。気味が悪いと思った？」

「いいえ！　気味が悪いなんて思いません」

「ふつうは気味が悪いと思うんだけどね。さて、果琳。積もる話でも、と思ったところだけど、もう日が沈んでしまった。こんな遅くまで外にいて大丈夫なのかな？」

有希也は、引き止めた俺が言うことではないけど、と苦笑する。

「その……大丈夫では、ないです」

「帝都にいる間、何処に泊まるの？　まさか日帰りということはないだろう」

「知り合いの経営している宿に、お世話になる予定だったんです。実は、日が暮れる前に、そちらに行くように言いつけられていて」

「なるほど、君を引き取ってくれた遠縁のご夫婦と約束したんだね。日が暮れる前に、必ず宿に行くように、と。若い娘が、暗くなってから出歩くものではないよ。宿まで送っていく」

「そんな！　申し訳ないです。一人でも平気ですよ」

「言い方を変えるよ。君のことが心配なんだ。俺を安心させると思って、宿まで一緒に行ってほしい」

優しくて、とびきりずるい言い方は、会わなかった十年の歳月を思わせた。太陽のようにまぶしい笑みを浮かべていた子ども時代とは違う、洗練された優しさの見せ方である。

「有希也さんがよろしいのなら、送ってくださいますか？」

遠慮がちに答えた果琳に、有希也は手を差し出してきた。血管が透けるような白い手は、大人の男の人のものだった。

「お手をどうぞ。はぐれたら怖いから」

幼い子どもではないのだから、はぐれたりしない、と断れば良かった。だが、果琳は何も言わずに、有希也の手を取ってしまった。


日が沈んだというのに、夜の帝都は真っ暗ではなかった。繁華街の光が、ぽつり、ぽつり、と蛍火のように浮かんで、薄明かりを灯している。

こういったところは、果琳の暮らしている高原地帯とは違う。

「珍しい？　そんなにきょろきょろして」

「はじめて見るものばかりだったので」

（あの火事が起きる前、帝都で暮らしていた頃も、生まれ育った館の敷地から出たことはなかった。だから、こんな風に、帝都の夜には明かりがあることも知りませんでした）

「ここに黎がいたら、きっと嫉妬してしまうだろうな。生きていたら、果琳と一緒に帝都を歩きたかったと思うよ。黎は、いつも果琳のことを心配していたから」

果琳のまなざしは、自然と空っぽの左手に向かった。

十年前ならば、果琳の両手は埋まっていた。それぞれの手を、有希也と黎が握ってくれたからだ。

「黎ちゃんは、たくさん心配してくれました。離れていても、黎ちゃんからの手紙が心の支えでした。だから、まだ受け止めることができないのだと思います。黎ちゃんが亡くなったことを。黎ちゃんは……っ」

そこまで口にして、果琳は言葉を詰まらせた。隣を歩く有希也の横顔が、ひどく寂しげに見えたのだ。

黎の死を悲しんでいるのは、きっと、果琳だけではない。

二人は言葉もなく歩いた。やがて、果琳が泊まる予定の宿の前まで着くと、有希也はそっと繋いでいた手を放した。

有希也は、またね、とも、さようなら、とも言ってくれなかった。あっという間に、彼の姿は雑踏にまぎれてしまった。

「果琳さん！　到着が遅いから心配したのよ」

宿に入ると、恰幅《かっぷく》の良い女性が駆け寄ってくる。

「女将《おかみ》さん。遅くなって申し訳ありません。しばらく、お世話になります」

きっちり化粧をした年配の女性は、果琳を引き取ってくれた遠縁の老夫婦の友人である。

帝都でたくさんの宿を営んでいる一族の奥方だ。遠縁の老夫婦にならって、果琳は彼女のことを《女将さん》と呼んでいた。

十年前の火事のあと、果琳は喧騒から離れた高原地帯に引き取られた。避暑地として有名な土地であり、果琳を引き取ってくれた老夫婦は、そこで大きな旅館を営んでいる。

同業のよしみなのか、女将は、時折、老夫婦のもとを訪ねてきた。その際、果琳のこともよく気に掛けてくれた。

女将の経営している宿に泊まることが、果琳が帝都に行くにあたって、遠縁の老夫婦が出した条件のひとつであった。

「怖いことに巻き込まれていなくて良かった。……果琳さん、ずいぶん娘さんらしくなったのね。一人で帝都にやるなんて、あの人たちも心配になって当然だわ」

「そんなに変わりましたか？　この前お会いしたときから、一年も経っていないのに」

「変わったわ。そのくらいの年齢だと、本当に、ちょっと見ないうちに綺麗になるんだから。……事情は聞いているの。仲良しのご友人が亡くなったのでしょう？　帝都にいた頃のご友人かしら？」

「はい。わたしの両親が、まだ生きていた頃、お友達になりました」

「そう。果琳さんのご両親。《卯月ヶ丘《うづきがおか》》の大火事ね。よく憶《おぼ》えているわ」

卯月ヶ丘は、帝都の外れにある小高い丘である。その丘一帯を、果琳の生家が所有していた。

丘の上に、果琳の生まれ育った館は構えられていた。

あとから知ったのだが、帝都の人々の間では有名な資産家だったらしい。

両親から話を聞く前に、彼らは亡くなってしまったので、幼かった果琳は詳しいことは何も知らなかったが。

いま思うと、異国の様式を取り入れた大きな館も、たくさんの使用人たちも、果琳の家の富を象徴するものだった。小さい頃の果琳に自覚はなかったが、ずいぶん恵まれていたのだろう。

「亡くなったのは、わたしが帝都を出てからも、ずっと手紙で励ましてくれた親友なんです。まだ実感が湧きません。黎ちゃんが死んだなんて」

「大事なご友人だったのね。お葬式は、もう終わったの？　終わっているとしても、せめて、お墓参りくらいは行きたいでしょう」

「お葬式も、お墓も。何も分からないというのが、正直なところなんです。亡くなったことはたしかだと思うのですが」

有希也が送ってくれた訃報や、彼の言葉に嘘があるとは思えない。そもそも、嘘をつく理由もないだろう。

果琳の親友は、此の世を去ったのだ。

死因も何もかも、果琳には分からないことばかりだったが。

(明日、いつも黎ちゃんの手紙にあった住所にも行ってみましょう)

有希也の話ぶりでは、有希也が黎の遺品整理を行ったようだが、黎の住んでいた家自体がなくなったわけではないだろう。

「……？　訃報は誰が送ってくれたの？　亡くなったご友人のご親族？　その方にお聞きになったら、何か分かるでしょう？」

「訃報を送ってくれたのは、ご親族ではなく、わたしと友人の共通の知り合いなんです。彼からも、まだ詳しいことは何も聞けていません」

本来ならば、女将の言うとおり、黎の親族が訃報を送ってくるべきだ。

しかし、実際、訃報を送ってきたのは有希也である。

黎には親族がいなかったのだろうか。あるいは、何かしら事情があって、親族とは疎遠になっていたのか。

（やっぱり。有希也さんの店にも、もう一度）

寂しげな有希也の表情を思い出すと、黎について尋ねることが正しいのか分からなくなる。

それでも、有希也から話を聞かなければならない。有希也は腐れ縁と言ったが、果琳よりもずっと黎の近くにいた人だ。

「彼。その方は男性なのね。昔からのお知り合い？　どちらの方？」

女将は眉をひそめた。好奇心で口にしているのではなく、単純に、果琳のことを心配してくれているのだろう。

「大通りに質屋さんがあるでしょう？　いまは、そちらの店主をしている人です。女将さんも、きっとご存じだと思います」

果琳は訃報に書かれていた住所を女将に見せる。有希也の営んでいる《若月堂》の住所である。

女将は不思議そうに首を傾げた。

「あのあたりには質屋なんてなかったと思うけど」

（あんな大通りの一等地に構えられているのに？）

女将は、帝都でいくつもの宿を経営している。ふつうの人間よりも、よほど帝都の事情や地理に詳しい人だ。

そんな彼女が、どうして有希也の質屋について知らないのか。

不安げな果琳に気づいたのか、女将は思い出したように言葉を続ける。

「ああ、でも、何か建物があったような気がするわ。それが、果琳さんの言う質屋のことか分からないけど。……お節介かもしれないけど、気をつけてね。あなたは年頃のお嬢さんなのだから」

女将の心配を無下にもできず、果琳は曖昧な笑みを浮かべる。

(有希也さんは、わたしに怖いことをしたりしません)

誰かに話したら、十年も顔を合わせていなかったのに、と嗤《わら》われるかもしれない。

だが、果琳は心の底からそう思っていた。

十年前、自分の命すらも顧みず、火の中に飛び込んできてくれた男の子がいた。

そんな人が、どうして、果琳に怖いことをするだろうか。


翌日は雲ひとつない秋晴れであった。

黎の手紙にあった住所を訪ねて、果琳は途方に暮れてしまった。

帝都の中心地から離れて、昔ながらの町並みが残る小川沿い。ひしめくように建ち並んだ家々の間に、ぽっかりと不自然に空いた土地があった。

黎が暮らしていたはずの土地には何もなかったのだ。

（有希也さんが、遺品整理をして家も取り潰してしまったんでしょうか？）

しかし、黎はついこの前まで存命で手紙を送ってくれていたこと、黎の訃報が届いた時期を考えると、あまりにも早すぎる。

最初から、ここに黎の家はなかった。

そう考える方が納得できた。

（黎ちゃんが、どんな風に生きていたのか。わたしは何も知りません）

黎の人となりは知っている。

いつだって果琳の力になろうとしてくれた人だ。十年前の火事が起きる前も、帝都を離れて手紙を交わすようになってからも、果琳の心に寄り添い、励ましてくれた優しい人である。

しかし、果琳は、黎の生まれも育ちも知らない。

梔子の庭で、有希也と黎、果琳の三人で過ごした日々があった。

十年前の日々を、すべて鮮明に憶えているわけではない。どれだけ憶えていたいと願っても、朧《おぼろげ》気になってしまったことも多い。

それでも、たしかに大事にされていたことは憶えている。

友人が多くて活発だった有希也は、果琳に寄り添うことが上手だった。じっとしているよりも身体を動かしたい性質だったろうに、人形遊びに付き合ってくれたこともある。

優しい黎は、誰よりも早く果琳の寂しさに気づく人だった。二人と離れているときも果琳が寂しくないように、内緒話でもするようにたくさんの物語を教えてくれた。

果琳よりも少しだけ年上だった彼らは、いつも果琳のことを優先してくれた。

優先されていたから、果琳は気づかなかった。有希也も黎も、果琳に一切の素性《すじょう》を話してくれなかったことに。

有希也の家が質屋であったことを知らなかったように。

果琳は、親友だと思っていた黎の背景を知らなかった。

(知らないことに、黎ちゃんが亡くなってから気づくなんて。わたしは)

なんて薄情だったのだろうか。

いつだって与えられるばかりだった。果琳は、黎に何かを返すことができていたのだろうか。

果琳はうつむいて、強く拳を握った。

(やっぱり知らなくちゃいけない。わたしは、薄情なままのわたしを許せません。それが、わたしの独り善がりだったとしても)

果琳は踵《きびす》を返して、有希也の店に向かった。

帝都滞在中に世話になる女将は、質屋など心当たりはない、と言っていた。だが、昨日と変わらず、活気ある大通りの一等地に《若月堂》は看板を掲げていた。

果琳は勇気を出して、若月堂の扉を開けた。

店内には、有希也と、昨日も若月堂を訪ねてきた風見という男がいた。

風見の腕には、少女の姿をした人形がある。

おそらく異国で作られた人形だろう。太陽を閉じ込めたような金色の髪が、きらきらと波打っている。エプロンドレスの袖口から覗いた肌は、陶器のように滑らかな乳白色をしていた。指の一本、一本まで丁寧につくられているのか、薄紅に染まった爪がつやつやと光る。

何処もかしこも綺麗な人形であったが、唯一、異様な点があった。

その少女人形は顔が潰れていた。

きっと花のように可憐な顔だったろうに、見るも無惨な有様だ。

「たしかに、あなたが《姉様》と慕っている少女人形ですね。質入れしていただけるのであれば、こちらはお貸しします」

有希也はテーブルに載っている小さな金庫を開いた。

古めかしい錠前のついた金庫には、果琳の見たことのない数の札束が、ぎゅうぎゅうに詰められていた。

耳を揃えて現金で用意したのは、おそらく銀行に振り込めば差し押さえられてしまうからだろう。

「あ、ありがとうございます。まさか本当に用立ててくださるとは。……その、質物なのですが、どうしても、この人形でなくてはならないのでしょうか？　当家にある他のものの方が、まだ価値があるかと思います」

「この人形でなければ意味がありません。あなたが大切になさっているもの、俗世間の価値ではかることのできないもの」

有希也は声を荒らげるわけでもなく、あくまで諭すように言った。

この人形でなければ、金は貸すことができない、と。

有希也は穏やかそうな笑みを浮かべたまま、風見のことを、じっと宝石のような目で見つめる。

「こんな人形、がらくたも同然でしょう」

「ものの価値とは、人によって万華鏡のように変わるものです。誰かにとっての《がらくた》は、誰かにとっての《宝石》だ。あなたにとって、この人形は宝石のようなものでしょう？　姉様、と呼ぶほどに思い入れがあるはずです。だから、この人形が欲しいのです」

「子どもの頃、事業で忙しかった両親が買い与えてくれた人形なんです」

「なるほど。姉代わりにして、とでも言われましたか？」

「ええ。実の両親よりも、よほど近くにいた家族です。昔から、ずっと傍にいてくれた。高いところから落としてしまい、顔が潰れてしまったのですが。それでも、変わらず大切なものでした」

「顔が潰れても。いいえ、潰れているからこそ、あなたにとって大切な人形になったのでしょうか？」

　有希也の言葉に、風見は戸惑いをあらわにした。まるで、自分でも理解していなかった感情を言い当てられたかのように。

「……やはり、この人形でなければいけませんか？」

「残念ながら、この人形を質物としていただけないのであれば、お話はなかったことに。お役に立てず申し訳ありません」

　風見は唇を引き結んだ。それから、震える腕で、有希也に向かって人形を差し出した。

「必ず。必ず、お借りしたものを、お返しします。ですから……」

「お借り入れは十年です。年に一度、均等に割った額をご返済いただければ質流れ――質物を所有する権利がこちらに移る、ということはありません。この人形は、大事に保管させていただきます。返済のご意思があれば、あなたのもとに戻りますよ。まだ、お預かりしているだけですから」

有希也は壊れ物をあつかうような手つきで、風見から人形を受け取った。風見は、有希也に頭を下げると、テーブルに載っていた現金を鞄に詰め込む。そうして、足早に若月堂を出ていこうとする。

ちょうど入り口に立っていた果琳と、風見の肩がぶつかる。

風見は、果琳とぶつかったことさえ気にする余裕がなかったのか。振り返ることもなく、若月堂を飛び出していった。

まるで、人形に対する未練を振り切るように。

「果琳?」

「は、はい! ごめんなさい、盗み聞きするようなことになって」

「それは別に構わないけど。君は、人の秘密を、べらべらと誰かに喋るような人ではないから。……黎のことかな?」

果琳の目的を察したのか、有希也は苦笑いを浮かべる。

「黎ちゃんのことが何も分からないまま、帰ることはできません」

「死んだことだけ分かれば、それで十分ではない? 親友といっても、ずっと傍にいたわけではないのだから」

「傍にいたわけではありません。傍にいられなかったからこそ、知らないままでいたくありません。……教えてほしいです。有希也さんは、黎ちゃんのことをたくさんご存じでしょう？　わたしなどよりも」

　帝都を離れていた果琳とは違う。有希也と黎は、帝都で暮らしており、その縁も果琳などよりも深いものであったはずだ。

　果琳の知らない黎のことを、有希也ならば知っている。

「そうだね。黎のことなら、誰よりもよく知っている。黎の遺品を整理したのも、俺だったからね」

「黎ちゃんが、お手紙に書いてくれた住所を訪ねました。何もありませんでした。空き地だったのです」

「君の手紙に書いていた住所に、そもそも黎は住んでいなかったからね。手を回して、手紙の受け取りだけできるようにしていたようだけど」

　黎は、おそらく何かしらの事情があって、本当の住まいを隠していた。遠い地にいた果琳は、今日に至るまで黎の嘘に気づくこともなかった。

「有希也さんは、黎ちゃんの本当のお住まいもご存じだったのですね。いいえ、それだけではなくて。あなたは知っているのですね。黎ちゃんが、どのような生まれで、育ちで、……最期の時まで、どのように過ごしていたのか」

「知っているよ。でも、それを知って、どうするの？　黎は死んだ。今さら黎のことを知ったところで、黎の死は変わらない」

「それでも、わたしは黎ちゃんのことが知りたいです。わたしは黎ちゃんのことを親友と思っています。だから、親友の死を悼《いた》みたい」

有希也の言うとおりで、今さら黎のことを調べたところで、黎が生き返るわけではない。

それでも、そうしなくては、果琳はあの優しい親友を悼むことができない。

店内が静けさに包まれる。

それを破ったのは、にゃあ、という声だった。

店の奥にある扉から顔を出したのは、真っ白な猫だった。果琳の見たことのない、ずいぶんと体毛の長い猫である。先祖に異国の猫がいるのかもしれない。

「しらたま？　お前が店に来るなんて珍しいね」

しらたま。白玉だろうか。たしかに、白玉と言われると、あのつるりとした食べ物にそっくりだった。

白玉と呼ばれた猫は、有希也の傍をすり抜けて、果琳の足下に駆け寄ってきた。果琳はかがみ込んで、ふわふわとした身体を抱きあげる。

「白玉さん、というのですね。あのお団子のでしょうか？　可愛らしい名前」

「そう……でも、言っておくけど、俺がつけたわけじゃないよ」

「そうなんですか？」

「白玉。お前は、本当に、自分を甘やかしてくれる相手を嗅《か》ぎ分けることだけは上手だね。あんなに餌付《えづ》けされて、野生なんて忘れた顔をしていたくせに、まだ本能が残っているんだから感心するよ。でも、ダメだよ。果琳は、俺が招いたお客さんだ。お前の客じゃない」

有希也の言葉に、白玉は警戒するように鳴いた後、果琳の腕から抜け出した。そうして、再び奥にある扉から姿を消した。

「有希也さんの飼い猫ですか？」

「飼っていたのは俺じゃないけど、餌付けしたやつがいたから、ここに居着いちゃったんだよ。見てのとおり、俺とは仲悪いんだけどね」

「意外です。だって、有希也さん、動物がお好きだったでしょう？」

幼い頃、犬猫や鳥の話をよくしてくれたものだった。

「好きだったとしても、相手から好かれるかどうかは別の話だよ。……ごめん、なんだか気が抜けちゃったね。白玉のせいで」

「白玉さんを餌付けしていたのは、黎ちゃんですか？」

有希也は返事をしないで、何かを思い出すように目を伏せた。肯定でも否定でもなかったが、その反応から、有希也以外の第三者を想像せずにはいられない。

ふっくらとした猫は、きっと生きるための餌に困ることはなかったのだろう。あの猫は、誰かに愛されていた猫だった。

「有希也さん。黎ちゃんのことを話していただけないのなら、また来ます」

「また来ます、ね。ずっと帝都にいるわけでもないだろうに」

「今回、帝都にいるのは十日ほどです。でも、一度帰ったとしても、また何度だって来ます」

世話になっている老夫婦が許してくれたのは、十日という短い期間だった。親友の訃報を理由に、どうしても、と願って帝都まで出てきた。戻ってしまえば、老夫婦は、再び帝都に行くことを許してくれないかもしれない。だが、許してもらえるまで説得するつもりだ。

有希也は、降参、とでも言うように息を吐いた。

「今日は、これから人が来る予定なんだ。だから、五日後、またおいで。そのとき、黎のことで話せることは話してあげる。黎との約束だから、言えないこともあるけどね」

有希也との約束まで、五日。

果琳は、二、三日も過ごすと手持ち無沙汰になってしまい、何もしないでいることに落ちつかなくなった。

果琳は世話になっている女将に、何かできることがないか尋ねる。

「お気持ちは嬉しいけど、果琳さんはお客様だもの。無理しなくて良いのよ」

「無理なんて。ご迷惑でなければ、お手伝いさせてください。お世話になっているのに何もしないのは心苦しいです。こう見えて、けっこう色々できるんですよ」

引き取ってくれた夫婦の役に立ちたくて、普段の果琳は、彼らの経営する旅館の手伝いをしている。引き取られたばかりの頃は何もできなかったが、十年も経てば、それなりに役に立てるようになった。客人の前に出ることはなかったが、炊事や掃除などは一通り仕込まれている。

女将の宿でも、余所者《よそもの》が手を出しても問題ない部分で力になりたかった。

「そう。それで果琳さんの気持ちが楽になるのなら、玄関先のお掃除でも、お願いしようかしら？」

「お任せください」

「ありがとう。でも、約束してくださる？　暗くならないうちに中に入るの。お掃除が終わらなくても、よ」

「……？　玄関をお掃除するだけですよ」

「それでも、気をつけて。あなたは、お預かりしている大事なお嬢さんなのよ」

女将は心配そうに零した。

「あいかわらずお節介だなあ、女将」

果琳と女将の会話を遮ったのは、ちょうど近くを通りかかった男だった。

これから外に出るらしく、くたびれた灰色の外套を羽織っている。喫煙者なのか、彼が現れた途端、強い煙草の香りが漂った。

「元木《もとき》くん」

女将が咎《とが》めるように名を呼ぶ。

「あんまり口うるさいと嫌われますよ、って忠告だよ。それくらいのお嬢さんは、子どもあつかいされる方がお嫌でしょう」

女将の態度を気にもせず、元木という男は大仰に肩を竦めた。

「心配していただけるのは、とても嬉しく思っていますよ」

果琳は咄嗟に言葉を挟んだ。

「へえ。それはまあ、聞き分けの良いお嬢さんだことで」

「そもそも、元木くんが怖いことを言っていたのが悪いのよ」

「怖いこと？　ああ。若い娘さんたちの遺体が見つかった話？」

遺体。果琳は驚いて言葉を失った。

「そうよ。あんなこと言われたら心配になるでしょう」

「あんなの、ただの世間話のつもりだったんだけどな。帝都にいれば、これくらいの物騒《ぶっそう》な話、いつものことでしょう？　あ、俺、これから仕事なんで失礼します」

元木は片手を振ると、街に繰り出していった。

「もう、言うだけ言って」

「いまの方は？　女将さんのお知り合いですよね」

「新聞記者よ。いちおう親戚で、あの人が若かった頃、世話をしてやったことがあってね。しばらく帝都から離れていたけど、戻ってきたものだから、一室、貸してやっているのよ」

果琳は不思議に思う。元木の風貌からして、三十は過ぎているように見えた。女将の行いは素晴らしいが、彼女が世話を焼くような年齢だろうか。

果琳の疑問を察したのか、女将は苦笑いを浮かべる。

「昔から、いろいろと困ったところがある子でね。いっとき様子もおかしくなっていたから心配なのよ。今はまともになって、いちおう、また記者として働きはじめているみたいだけど」

「記者さんだから、さっきの……、ご遺体の話を教えてくださったんですね」

「ええ。ここ数日、若い娘さんの遺体が見つかっているそうよ。夜のうちに殺されたみたい。一人や二人の話ではないうえ、遺体もひどい有様だったらしくて」

女将は痛ましそうに目を伏せる。面倒見の良い人なので、見知らぬ娘であっても胸を痛めているのだろう。

女将と別れて、果琳は玄関先の掃除をする。

（殺人事件なんて）

果琳の頭の中は、先ほどの話題でいっぱいだった。

果琳の住んでいる土地でも、盗みなどの事件が起こることはあった。しかし、女将が教えてくれたような凄惨な事件について、果琳の耳に入ってきたことはない。

「お嬢さん」

玄関を箒で掃いていると、ふと、急に肩を摑まれた。

果琳は驚いて振り返る。

「風見さん？」

そこに立っていたのは、《若月堂》の客人である風見だった。

戸惑いが声に滲んでしまったのは、別人のように風見の頬がこけていたからだ。ほんの数日しか経っていないというのに、彼はひどくやつれていた。

身なりに気を遣う余裕がないのか、若月堂を訪ねてきたときと違い、格好もだらしなく、綺麗に固められていた髪もぼさぼさだ。口元に生えた無精髭《ぶしょうひげ》が、いっそう、その印象を強くする。

有希也のところに人形を質入れし、必要だった金を借りることもできたというのに、金を借りる前よりも体調が悪そうだった。

「やっぱり。《若月堂》のお嬢さんだろう？　従業員の」

従業員ではない、と否定しようとして、果琳は口を噤んだ。

風見の認識では、果琳は若月堂の従業員であり、従業員だから風見の事情を知っていても問題ないのだ。

それをいま否定したら、有希也の信用を損なう結果になるかもしれない。

風見はすがるように、果琳の肩を摑む手に力を込めてきた。

「お嬢さんは、その……《若月堂》の店主とは、付き合いが長い？」

果琳は目を丸くした。脈絡のない問いだった。

「有希也さんと、わたしですか？」

「仲が良さそうだったから、きっと昔からの付き合いなのだろう？　お嬢さんから、店主に話をしてくれないか？　質物を別のものにしたいんだ」

「お人形を、他のものに？」

果琳は、風見が《若月堂》を訪れて、少女人形を質入れした様子を見ている。

うしろ髪を引かれるように店を出ていった風見は、今もなお、人形のことを気にしているらしい。

「あの後、もっと価値のあるものを質入れすると言っても、店主は聞き入れてくださらない。あの人形は、売ったところで二束三文にしかならない。借りた金と、明らかに釣り合いがとれないんだ」

「それは……」

たしかに、果琳も不思議ではあった。

有希也の求めた質物——顔の潰れた少女人形は、とても高値で取引されるものとは思えなかった。

好事家《こうずか》が見つかれば、売ることはできるかもしれない。だが、風見が借りた金額を回収できるほどの高値にはならないだろう。

世間知らずの果琳ですら、そのように感じるのだ。

大きな事業を営み、社会の荒波に揉まれてきた風見は、なおのこと、そう思ったはずだ。

「店主に頼んでほしい。質物を替えたいんだ、どうしても」

「わたしが有希也さんに頼んでも、有希也さんの答えは変わらないと思います」

風見は勘違いしているが、そもそも果琳は《若月堂》の従業員でもない。そのうえ、果琳と有希也は十年もの間、何の交流もなかったのだ。

（そもそも、有希也さんは、あの人形でなければ、お金を貸すつもりはないのでしょう）

人形を質入れしてもらえるならば、いくらでも貸します、と有希也は言った。

いくらでも貸すということは、有希也は、あの人形に値段をつけることができなかった——金に換算することができなかった、ということだ。

有希也にとって、あの人形は、金には換えられないほどの価値があった。

果琳が返事に困っていると、風見は急に視線を鋭くした。

人の良さそうな男は、急変したように、果琳の肩を突き飛ばした。驚いた果琳は、そのまま道端に尻餅をついてしまう。

「結局、あんたたちも、こちらを馬鹿にしているのだろう？　頭を下げて金を借りるしかない立場だからって、私たちのことを下に見ている」

「そのようなことは！　お金のあるなしで、その人への態度を変えることはありません。人の価値とは、お金で決まるものではありません」

「決まるんだよ。金がある人間が尊ばれて、金のない人間は踏みにじられる。お嬢さんは、そんな苦労をしたことがないから分からないんだろうな」

騒ぎに気づいたのか、通りを歩いていた人たちが足を止めて、果琳たちの様子を見ていた。群衆の中には、風見の姿に覚えがある人もいたのか、ひそひそと何かを話している。

風見は舌打ちをして、果琳の下から去ってしまった。

有希也と約束した日。

果琳が若月堂を訪ねると、有希也は店内の椅子に腰かけていた。

異国から輸入された椅子なのか、座面に張られている布の模様は、果琳には馴染みのないものだった。

この椅子だけではない。

有希也の質屋には、果琳の知らない珍しいものが、たくさん保管されていた。

(ぜんぶ、質物なんでしょうか?)

有希也の営んでいる質屋が、どの程度、客を抱えているのか分からない。

分からないが、すべて質物だとしたら、果琳には想像もつかないような大きな金が動いていることはたしかだった。

「いらっしゃい、果琳」

「こんにちは、有希也さん」

「こんにちは、と言うには、ちょっと遅い時刻だと思うけどね。まさか、こんな日が暮れたような時間に来るとは思わなかった」

少しばかり棘《とげ》のある言葉であったが、果琳のことを心配してくれているが故の言葉だと分かった。

「すみません。お世話になっている宿の手伝いをしていたら、つい、こんな時間になってしまって。今日は人手が足りなかったのです」

秋の気候は気まぐれで、暑くなったり寒くなったり変化が激しい。そのせいか、従業員の間で、風邪が流行ってしまったらしい。

だから、果琳の方から手伝いを申し出た。

女将は申し訳なさそうにしていたが、事情を考えれば仕方のないことだ。

「それなら、また日をあらためてくれても良かったのに。こんな遅くに出歩くものではないよ。最近は、殺人騒ぎもある」

「……若い女性が、殺されたことですか？」

女将から聞いていた話を思い出す。

「警察にいる伝手《つて》から聞いたのだけど、とても損傷の激しい遺体だったみたいでね。身元の確認も遅れているらしい」

「ご本人と分からないほど、痛めつけられていたのですね」

「うん。特に、頭部の損傷がひどかった。身元の確認が遅れるのも道理だろう？　髪形や背格好、装いなんかで当たりはつけられても、遺族は認めたくないだろうしね」

惨たらしく殺された女性たちを思うと、ひどく胸が痛んだ。その死を認めなければならない遺族は、どれだけ深い悲しみに襲われているだろう。

「恐ろしい事件ですね」

「恐ろしいけど、そう珍しい話ではないよ。帝都は、こういった凄惨な殺人事件が起きるくらいには、昔から物騒だ。知らなかったの？　果琳だって、もとは帝都の人間だろうに」

「有希也さんも、ご存じのとおり。帝都で暮らしていたときのわたしは、館の敷地から出たことがなかったので……。恐ろしい事件が起きるから、お母様たちは外に出てはいけません、とおっしゃっていたのでしょうか？」

帝都で暮らしていた頃、果琳の世界は館の敷地内だけだった。

心配性の両親が、そう望んでいたからだ。

有希也や黎とも、彼らが果琳の住んでいた館の庭に迷い込まなければ、出逢うことはなかっただろう。

「君の両親が、館から出てはいけない、と言っていたのは別の理由だと思うよ。帝都が物騒だからではなく、君に警戒心がなかったからじゃないかな」

「え？」

「昔から、見ていて危なっかしいよ。人の言葉を疑わない、誰もが善人だと信じている。悪い人なんて、此の世にはいない、と思っているでしょう？」

「……悪いことをする人がいたとしても、それは当人の問題ではなく、きっと何かしらの事情があったのだと思います」

個人の性根《しょうね》の問題ではない。人が罪を犯すとしたら、環境がその人を追い詰めた、と思いたかった。

「そういうところが危なっかしい、と言っているんだけどね。皮の一枚を剝いだら、人間なんて、みんな自分勝手で、自分の欲望のために悪いことをする。——殺された彼女たちに向かって、犯人にも事情があったのです、なんて言えるのかな？」

果琳はうつむく。

「言えません。言ってはいけないと思います。それでも、わたしは、誰かの心を疑いたくありません。人は善意のある生き物なのだ、と信じたいのです」

（だって、わたしは、たくさんの人に優しくしてもらった。両親からも使用人の方々からも、有希也さんと黎ちゃんからも）

果琳を生かしてくれたのは、誰かの悪意ではなく、たくさんの人々の善意だ。

「それで痛い目に遭わなければ良いけれどね。果琳、君も気をつけなよ。殺されたのは、君みたいな年頃の娘だ」

「心配してくださり、ありがとうございます。有希也さんは昔と変わらずお優しいのですね」

「また、気の抜けたことを言って」

有希也は溜息をついて、椅子から立ちあがる。

彼はガラスの嵌められた戸棚を開けて、中に納められていた少女人形を取り出した。

「風見さんの、お人形ですか？」

有希也の腕の中にある人形は、やはり無残にも顔が潰れていた。

有希也いわく、風見は、この人形を姉と呼んで大事にしていたらしいが、大事にしていたわりに顔が潰れていることが引っかかる。

痛ましい姿をした人形だ。

先ほどまで、帝都で起きている殺人事件の話を聞いていたから、なおさら痛ましい、と感じるのだろう。

被害者は、頭部の損傷が激しかったという。あの人形のように、顔も潰れていたのかもしれない。

「どうして、人形の顔を直さなかったんだろう？　と思っているでしょう」

有希也に言い当てられて、果琳は驚く。

「有希也さんは、相手の心の中が見えるのですか？」

風見が来店したときも、その心を見透かすようなことを言っていた。

「俺に見えるのは、心の中ではないよ。いまのは、君の反応があまりにも正直だったから分かっただけ。ぜんぶ顔に出ている」

「そんなに分かりやすかったでしょうか？」

思わず、果琳は自分の顔を触ってしまう。

「昔から、君は隠し事が苦手だよね。分かりやすかったよ。この人形のことを、果琳は可哀そう、と思う？」

「可哀そう、直してあげたい、と思います。……でも、わたしは風見さんが、どうして人形の顔を直さなかったのか知らないので。これは、わたしの気持ちです」

「そうだね、君の気持ちだ。君とは逆のことを思う人間だっているだろう」

「逆、ですか？」

「風見さんは、むしろ顔が潰れていないことが可哀そう、と思ったんだよ。……顔が潰れたことで、ようやく、この人形が大切なものになった。手放しがたいものになった。ものの価値は、人によって千差万別だからね」

有希也は柔らかな手つきで、人形の手や首を撫でる。

まるで、人形に籠められている感情――人形を大切に想っていた風見の心をなぞるように。

「誰かにとって価値あるものは、他人にとっては違う。そんな意味で合っていますか？」

同じものであったとしても、その価値は人によって違う。ものの価値とは、そこに籠められた想いによって変わるものなのかもしれない。

「合っているよ。それを踏まえたうえで訊いても良い？　果琳にとっての黎は、どんな存在だった？」

「有希也さん、以前、風見さんに言っていたでしょう？　誰かにとっての《がらくた》は、誰かにとっての《宝石》だ、と。わたしにとっての黎ちゃんは《宝石》です。だから、黎ちゃんのことを知りたいです」

「そこまで言うほどの価値が、黎にあるのかな？　君は知らないだろうけど、黎って、本当、ろくでなしだった」

ろくでなし。有希也は、黎のことを軽蔑するように吐き捨てた。

「それは、黎ちゃんが、あなたに借金をしていたから？　だから、ろくでなし、と有希也さんはおっしゃるのですか」

「誤解しないでほしいんだけど、俺は、べつに借金をしている人間がろくでなし、だなんて思っていないよ。黎のことを、ろくでなし、と言ったのは、あいつが嘘つきだったからだよ」

「嘘つき？」

「君の知っている黎は、ぜんぶ嘘で塗り固められていた張りぼてだった。君が手紙を送り続けた住所は、黎が本当に住んでいた場所ではなかった。黎が、君に書いた手紙だって、何処まで黎の本心が書かれていたんだろうね？」

　有希也の言葉は、まるで鋭い刃のようであった。

「たくさんの嘘があったとしても。わたしは、黎ちゃんが手紙に書いてくれた気持ちだけは、本当のことだった、と思います。帝都を離れてから十年、見知らぬ土地で落ち込んでいたわたしを励まし、勇気づけてくれたのは黎ちゃんの手紙でした」

　黎が送ってくれた手紙の数々を、そこに綴られていた言葉を思い出す。

　果琳は知っている。あの人が、どれだけ果琳を大切にしてくれていたのか。

　果琳は目を伏せてから、覚悟を決めるようにゆっくり開く。

「手紙を送ってくれた黎ちゃんの気持ちに報いるためにも、黎ちゃんの死を悼みたいのです。あの人が亡くなった理由を知りたい」

　たった一人の親友を、自分のいないところで死なせてしまった。

　そう思うと、いまも果琳は苦しい。傲慢《ごうまん》かもしれないが、果琳は、あの月のように美しい親友の死に、立ち会いたかったのだ。

　黎は、果琳と有希也のことを、一歩後ろから見守るような子だった。

　その姿が、いつも果琳には寂しげに見えた。もし、黎の最期が、同じように寂しいものであったら、と思うと胸が痛む。

（黎ちゃんは、わたしが寂しくなると、すぐに気づいて寄り添ってくれました。……

けれども、自分の寂しさには、きっと気づいていなかったから）

だからこそ、黎が生きているうちに、果琳の方から手を伸ばさなくてはならなかったのに。

「黎ちゃんのことを話してくださる、と。そうおっしゃったのに。有希也さんは、結局、何も教えてくださらないのですね」

「教えてあげたよ。黎が嘘つきだったこと、とか」

「……また来ます」

「君が帝都にいるのは、あと数日なのに？」

「もし、今回、話していただくことができなかったら、また機会をあらためます。何度だって、帝都に参ります」

果琳は頭を下げて、若月堂を出た。

「果琳」

引き止めるような有希也の声が聞こえたが、いまは振り返ることができなかった。

若月堂を出ると、ぽつり、ぽつり、と雨が降り出していた。

いつもならば、日が暮れた後も、帝都の建物には薄明かりが灯るだろう。夜の街に繰り出す人々のおかげで、真っ暗にはならない。

しかし、今宵は雨のせいか、点在するガス灯の光を除けば、ほとんど明かりがない。

果琳は雨に降られながら、世話になっている宿までの道を歩く。

(有希也さんは、わたしに黎ちゃんのことを嫌いになってほしいような、失望してほしいような、そんな物言いをするのですね)

黎について多くを明かさず、曖昧なことしか話さない。

そうでありながら、黎のことを嘘つきとして非難した。

はっきりとしたことを教えてもらうことができず、黎のことを悪者のように言われたことが切なかった。有希也とて、黎の死を悲しんでいるだろうに、どうして、あのように言うのか。

あんな風に言われたら、果琳はますます黎のことを諦められない。

次第に雨足が強まってくる。

傘を持っていなかった果琳は、帰り道を急いだ。

ガス灯の明かりを頼りに、薄闇に包まれた通りを駆けていた果琳は、ふと、雨音ではない声を聞いた。

高く、まるで喉を引きつらせたような声である。通りから少し入った、路地裏の小道から聞こえたようだった。

雨音にかき消されそうなその声は、猫や鼠などの鳴き声ではなかった。

若い女性の悲鳴だ。

誰かに助けを求める声だった。

恐る恐る、声のした方に向かうと、石造りの地面には、蛇《じゃ》の目傘と片方だけの沓《くつ》が落ちていた。おそらく、どちらも女性のものだ。

果琳は、咄嗟に、髪に挿していた簪《かんざし》を抜く。

緊張から全身が汗ばんで、鼓動も速くなっている。

頭の奥で、警鐘が鳴り響いているのだ。

薄暗い路地裏には、果琳にとって恐ろしい何かがある。

(誰かに助けを求める？　でも、そうしているうちに、手遅れになってしまうかもしれません)

果琳の脳裏には、十年前、火の海になった館のことが浮かんでいた。

あのとき、果琳は助け出されたが、父母や使用人たちは亡くなった。火が消されて救助が入ったときには、すでに手遅れだったのだ。

果琳だけが、有希也の手によって助けられて、生き残ってしまった。

果琳は知っている。

人の命は、実に呆気なく、掌から零れるものだ。

果琳は意を決して、簪を握りしめたまま路地裏に飛び込んだ。

路地裏には、ふたつの影があった。

まず振り返ったのは男だった。暗がりで顔は見えないが、女性にしては体格が良すぎる。

男の両手には、大きな金槌《かなづち》があった。

男は、路地裏に座り込んだ女性へと、それを打ちつけようとするところだった。

「……っ、逃げてください！」

果琳の声に、座り込んでいた女性が、我に返ったように立ちあがる。驚いた男の手をすりぬけて、彼女は無我夢中《むがむちゅう》で駆け出した。

果琳も、女性に続いて逃げようとしたが、雨で濡れた地面に足が滑り、転んでしまう。

そうしているうちに、背後から髪を摑まれて、仰向けになるように果琳は地面に倒れ込んだ。

男が、果琳のうえにのしかかる。

果琳は抵抗するように、足をじたばたと動かし、手に持っていた簪を振りあげる。

鋭い簪の先が、男の腕に刺さり、彼の握っていた金槌が地面に落ちる。

もみあっているうちに、一瞬、雲間から月が覗いた。

路地裏に光が差して、果琳は自分の上にいる男の顔を見た。

「風見さん？」

有希也のいる《若月堂》を訪れていた客だ。

彼は、果琳が若月堂にいた女だと気づいていないのか。

焦点の合わないまなざしで、ふう、ふう、と荒い息を吐く。いかにも人が良さそうであった顔は、数日前に顔を合わせたときよりもさらにやつれて、見る影もない。

風見は、その手に金槌がなくなったことに気づいていないのか。大きく腕を振りあげて、思いきり果琳の頭を殴りつけた。

何度も、何度も、風見は腕を振りあげる。

口の中が切れて、血の味がする。

果琳は助けを求めようとしたが、震えた喉からは空虚な音が零れるだけで、悲鳴すらあげられなかった。

生まれてはじめて向けられている純粋な暴力に、身体が怯んでしまい、うまく力が入らなかった。

「綺麗なのは、傷のないことは悪いことだ。憐れなことだろう？」

風見の両目には、ぐったりとする果琳の姿が映っている。それなのに、その目に映っているのは果琳ではない、と思った。

風見は、傷だらけの果琳を通して、もっと別の何かを見ている。

「だって、それは愛されていないことだ。父にも母にも」

風見は話を続ける。まるで過去の自分自身に語りかけるかのようであった。

（愛されていない？　それじゃあ、こんな風に暴力を振るわれていることが、愛されている、ということですか？）

果琳の知っている愛は、傷とも、痛みとも遠い場所にある。もっと柔らかで、果琳のことを生かしてくれる尊いものだ。

火事で亡くなった両親は、真綿で包むように、果琳のことを大事にしてくれた。傷つかぬよう、悲しい思いをしないよう守ってくれた。

「そんなものは、愛ではありません」

か細い果琳の声に、一瞬、風見の目が正気に戻った。

しかし、その顔は恐ろしい怒りに染まっていた。

「黙れ！」

風見は地面に転がっている金槌を拾いあげた。拳よりも恐ろしい凶器に、果琳は、震えあがる。

こんなときに、脳裏を過ったのは十年前のことだった。

あの夜も、朦朧とする意識の中、死を覚悟した。そうして、最期に会いたい、と願った人がいた。

（有希也さん）

果琳は思い知る。

十年前も今も変わらず、死を目前にして思い浮かべるのは、初恋の人なのだ、と。

果琳はきつく目を瞑《つむ》った。

しかし、いつまで経っても痛みはなかった。

恐る恐る、目を開くと、そこに立っていたのは有希也だった。

有希也は風見の首に腕を回すと、あっという間に、風見の意識を落としてしまう。流れるような動作に、果琳は、ぽかん、と間抜けにも口を開いてしまった。

「追いかけてきて正解だった。大丈夫？」

有希也はかがみ込むと、果琳の手をとった。

繋いだ手の大きさは十年前とは異なる。ふっくらとした子どもらしさを持っていた手は、すっかり大人の男性のものになっていた。

それでも、変わらない、と果琳は思った。

変わらず、この手は果琳のことを助けてくれる。

あの夜、火の海になった館から、果琳を助けてくれた男の子は、いまも果琳に手を差し伸べてくれる。

大事に抱きしめていた、宝石のようにきらきらとした初恋があった。たとえ叶わなくとも、二度と会えなくとも、その恋はかけがえのないものだった。

（わたしの嘘つき。叶わなくても？　本当は、ずっと。ずっと、この人に会いたい、と思っていたのでしょう？）

十年前、館が燃えた夜。有希也が館に飛び込んできたあと、果琳は気を失い、目が覚めたときには病院にいた。

果琳の経過を診てくれた医者から、ことの顚末を聞いたのだ。

果琳を助けてくれた男の子は、顔に大きな火傷を負ったことを。

果琳は、そのまま駆けつけた遠縁の老夫婦に引き取られることになったので、有希也と会うことはなかった。

否、会うことはできたのに、会おうとしなかったのだ。

両親の遺産から、有希也の治療費を工面してもらった。しかし、それくらいでは何の償いにもならないと感じた。

火傷を負わせた罪悪感から、有希也に合わせる顔がなかった。

だから、果琳は逃げるように帝都を去り、有希也の前から姿を消した。

（なんて、自分勝手なことをしたのでしょう？　そんな勝手をしたくせに、わたしは、ずっと有希也さんへの初恋を忘れることができなかった）

殴られて腫れあがった果琳の頰を、次々と涙が伝ってゆく。

有希也は驚いたように目を見張ってから、慌てて、果琳のことを抱き起こした。

「どうして泣いているの？　痛い？」

「いいえ。痛いのは、わたしではなくて。有希也さんだったのに」

「果琳？」

「わたし、ずっと有希也さんに謝らなくてはいけない、と分かっていたのに。謝ることができなかったのです。あなたは、わたしを助けてくれた。そのせいで、あなたに消えない火傷を負わせてしまった。……っ、ごめんなさい」

果琳は手を伸ばして、有希也の顔に触れる。大きな火傷だ。この火傷を負ったとき、有希也は、どれほどの痛みを味わったのだろうか。

本当は、再会したとき真っ先に謝るべきであったのに。

（謝ることができなかったのは、きっと、謝ってしまったら、わたしと有希也さんの繋がりが何もなくなる、と。そんな風に、心の何処かでずるいことを考えていたからでしょう？）

十年間、果琳と有希也にあった繋がりは、彼に残された火傷だけだった。

有希也に傷を負わせたことを申し訳なく思っていた。

その一方で、果琳の心にあった薄暗いところは喜んでいた。初恋の男の子が、自分のために火傷を負ってくれたことを。

「そんなことを気にしていたの？　ずっと後悔してくれていたの？」

有希也は困ったように眉を下げて、頬に触れる果琳の手に、そっと上から手を重ねた。

「君の命よりも大切なものなんて、ひとつもなかったよ。こんな火傷、気にしたこともなかった。君の命が助かったならば安いものだ」

「でも。痛かったでしょう？」

「痛かったよ。でも、そんな痛みさえも誇らしかったよ。謝罪なんて要らない。君が笑ってくれるのなら、それだけで良い。俺は、あの夜、君を炎から助けたことを一度だって悔いたことはないよ」

有希也は微笑んで、何も言えずにいる果琳のことを抱きしめた。

「君は、俺にとっての《宝石》なのだから」

果琳のまなじりから、また涙が溢れて止まらなかった。

そんな風に言われたら、幼い日、彼に恋をした少女の心さえも救われてしまう。

この人のことが好きだった。

幼かった頃も、十年経った今も、恋をしていることを思い知ってしまう。


――果琳。あなたは今も、有希也のことが好き？

昔、黎から貰った手紙に書かれていた言葉がよみがえる。

誰よりも果琳の理解者であった親友には、果琳の心など、とっくの昔にお見通しだったのかもしれない。


愛とは暴力だ。

そう知ったのは、自分が幼い頃だった。

異国の機械を取り入れて、大規模な繊維業により一儲けした家。

そんな家に、跡取り息子として生まれたのが自分だった。

とはいえ、金持ちだったのは少し前のこと。自分の親の代では、諸外国との関係性や情勢の変化により、もう傾きはじめていた。借金に借金を重ねて、家計は火の車だというのに、外向きには裕福そうに振る舞っていた見栄っ張りな家である。

そのせいか、常日頃から父は苛立っていた。その苛立ちをぶつけるように、物心ついたときから、ずっと厳しく躾けられてきた。

子どもの頃の記憶は、じめじめとした薄暗い蔵にある。

お前は不出来だから、立派になるまで邸の敷居は跨《また》がせない。そう言った父の決定に逆らう人間はいなかった。

いつも全身の痛みに耐えていたと思う。

口の中いっぱいに広がった血の味に咳き込みながら、青痣《あおあざ》だらけの身体で膝を抱えていた。

うっすらとしか光の差さない蔵は、まるで牢獄《ろうごく》のようであった。

お前を愛しているから、立派になってほしいから、と、父は言い訳のように口にしながら、暴力を振るってきた。

その後ろにいる母は、父の言いなりで、息子がどれだけ殴られても見ないふりだ。

母は、後継としての息子を産んだものの、その息子が不出来であることを恥じていた。あなたが立派な子であれば、こんな肩身の狭い思いをしなくて済んだのに、と恨み言を零したかと思えば、こんな息子を愛してあげている私はなんて慈悲深いのだろう、とまで言うときもある。

父は身体を痛めつけ、母は心を痛めつける。

息子に暴力を振るうことを当然として、その後ろめたさを隠すように、彼らは愛している、という言葉を口にする。

（それならば、愛とは暴力なのかもしれない。愛しているから痛めつけるならば、こ

の痛みは両親からの愛の証だ)

ふと顔をあげると、薄暗い蔵の中で、青い何かが光った。

それは、ほんの幼い頃、父母が買い与えてくれた人形の目だった。

青いガラス玉を嵌め込んだ、異国の少女の姿をした美しい人形である。

姉のように思いなさい、という言葉とともに、その人形は買い与えられた。

思えば、泣きわめく子どもが鬱陶《うっとう》しくて、ただ泣き止ませるためだけに、適当に買い与えられたものなのだろう。

だって、その人形は自分が欲しがったものではない。

たまたま手に入ったから、与えられただけの人形だ。それを姉と思いなさい、だから泣き止みなさい、と言うのは、父母の身勝手だろう。

(姉ならば。どうして。どうして、お前は綺麗なのだろう? 綺麗なのは可哀そうだ。それは愛されていないということだから)

誰かに愛されているならば、自分と同じようにぼろぼろに傷ついていなければ、おかしい。

気づけば、蔵にあった金槌を、人形の顔に打ちつけていた。

何度も、何度も打ちつけたあと、そっと人形を抱きかかえてやると、跡形もなく顔は潰れていた。

少女らしい顔は見る影もない。

それなのに、綺麗な顔をしていたときよりも、ずっと愛おしく、慕わしく感じられた。

「姉様」

傷つく姿を、何よりも美しいと思ったのだ。

彼女のことで頭がいっぱいになった。

この人形だけが、自分の心を慰めてくれる。同じように暴力をもって愛された、自分にとっての唯一の理解者。

何にも代えがたい価値あるものだった。


だから、質入れなんて、するべきじゃなかった。

代わりを求めたって、同じように満たされるわけがない。

自分にとって特別だったのは、あの日の傷ついた子どもの心に寄り添ってくれた、自分とよく似た憐れなものだったからだ。

嗤ってくださいよ、店主。

それとも、嗤う価値もありませんか？

あなたには、最初から、俺の心などお見通しだったんでしょうよ。

翌日、果琳は見知らぬ部屋で目を覚ました。

（あの後、わたし、有希也さんのいる《若月堂》に来たんでした）

駆けつけた警官に事情を説明すると、すっかり深夜になっていた。

有希也が、果琳の世話になっている宿に連絡してくれると言ったので、彼の言葉に甘えて、若月堂の客間で休ませてもらうことになったのだ。

果琳は布団から出て、そっと客間の障子戸を開く。

「綺麗なお庭」

昨夜は暗くて分からなかったが、客間に面した庭は立派なものだった。

緑に苔むした庭には、青々とした庭木と小さな池がある。鮮やかな金魚が何匹も泳いでいる池で、鹿威しが、かこん、と鳴った。

若月堂は、店舗部分と有希也の生活する平屋があり、店と平屋は渡り廊下で繋がっている。店に入っただけでは、奥にある平屋は見えないのだ。

だから、はじめて若月堂を訪れたときは、店の建物に隠れて、こんな風情のある庭があるとは知らなかった。

庭を眺めていた果琳は、飛び石に草履《ぞうり》があることに気づく。

(少しだけ、庭に出ても良いでしょうか？)

客間の縁側から、草履を履いて庭に下りる。

すると、果琳の足下から、にゃあ、という声がする。

「白玉さん？」

有希也の飼い猫ではないが、ここに居着いているという白猫が、ちょうど縁側の下から出てきたところだった。

誰かに白玉と名付けられた猫は、甘えるように、果琳の足に身を寄せてきた。果琳はかがみ込んで、ふくふくとした頰を撫でてやる。

「白玉は、果琳のことが気に入ったみたいだね」

「有希也さん。すみません、わたし寝過ぎてしまったみたいで」

太陽は、すっかり高くなっていた。朝というには遅い、もう昼過ぎになっているかもしれない。

「謝らなくても良いよ。もっと休んでいても良いくらいだ。あんな怖い目に遭ったのだから」

昨夜のことがよみがえって、果琳は青ざめる。

「風見さんは、その」

「警官が尋問中じゃないかな？　昨夜、君に怪我をさせた以外にも、たっぷり余罪があるみたいだ。君も分かっているだろうけどね」

余罪。いくら鈍い果琳でも、有希也の言わんとすることは分かる。

「風見さんが、若い女性を殺していたんですね」

帝都で起きていた殺人事件。女性たちは、すべて風見の手で無残にも殺されたのだろう。

「そう。これから、どういった罪に問われるのか、どれくらいの刑期になるのかは分からないけど。少なくとも、一年やそこらで出てくることはない」

「……その人形は、このまま有希也さんのものになるのですね」

有希也の腕には、顔の潰れた少女人形が抱かれていた。

「そうだね。そういう約束だ」

有希也は、風見に金を貸すとき、こう言った。

望むとおりの金額を貸す。

返済は一年に一度きり、利子も取らない。

ただし、質物として望むものは、風見にとって大切なもの、俗世間の価値ではかることができないもの。

「有希也さんは、どうして、その人形を質物として選んだのですか？」

「風見さんにとって大切なものだったから」

「でも、それを売り払っても、大きなお金にはならないのでしょう？」

顔の潰れた人形は、一般的な価値のあるものではない。

もちろん、奇特な蒐集家《しゅうしゅうか》がいて、金になることもあるだろう。

売り買いは、売り手と買い手がいれば成り立つのだから、有希也には高く売り飛ばす算段があったのかもしれない。

しかし、その高く売り飛ばした値段でも、風見に貸した金額が回収できるとは思えなかった。

「高値はつかないよ。この人形は、顔が潰れているうえに、使っている素材も粗末なものだ。名のある作家が手がけたわけでもないから、ほとんどの人間にとっては《がらくた》も同然だ」

「なら、どうして？」

「ねえ、果琳。誰かにとっての《宝石》が、誰かにとっての《がらくた》であることなんて、世の中には、たくさんあるだろう？」

「風見さんにとって、その人形が宝石だったのは分かります。実のお姉様のように思っていたのですよね？　ご両親からの贈り物だからこそ、余計、思い入れが強かったのかもしれません」

果琳が両親から貰ったものは、十年前の火事で、燃えてしまった。

彼らが果琳のことを愛してくれたことは憶えているが、ものとして残ったものはなかった。火事から助け出されたときに着ていた服さえも、焼け焦げたものとして処分されてしまった。

両親から贈られた何かが手元にあったら、果琳も執着しただろう。

「両親からの贈り物だったから執着したわけではないよ」

「どうして、そう分かるのですか？」

「ふふ。いろんな人から、風見さんの話を聞いたから、ということにしておいて」

「……？　有希也さんは、昔も、たくさんご友人がいましたものね」

子どもの頃の有希也も、顔が広くて、果琳の知らない友人がたくさんいた。成長した今も、変わらず豊かな人脈を持っているのだろう。

「風見さんは、幼い頃、両親から厳しく躾けられていたんだって。日常的に暴力を振るわれるほど」

果琳は眉をひそめる。

「暴力なんて躾けとは言いません」

「そうだね、ただの虐待だ。風見さんは、身も心も傷つけられる度、こう思ったみたいだ。これが両親からの愛なのだ、と」

思ったというよりも、そう思いたかったのだろう。傷こそ愛の証と思わなければ、風見の心は壊れていたのだ。

「風見さんは、美しかった人形の顔を潰した。暴力を振るわれて傷ついた自分と、綺麗な人形が同じ姿になったことに憐れみを覚えた。そうすることで、自分自身を慰めていた。――不幸だったのは、質入れするまで、彼自身に自覚がなかったこと。もう人形は取り戻せないのにね」

「お金さえ返せば、人形は手元に戻ってきたでしょう？」

「世間知らずの果琳に教えてあげるけど、とうてい返せる金じゃない。借金に借金を重ねて、首が回らなくなったところで、良くない場所からも金を借りていた。もう事業を立て直せないことなんて、風見さんも分かっていた。だから、二度と取り戻せない人形の代わりを探したんだよ」

「若い女性が、人形の代わりですか？　……代わりなら、生身の女性である必要があったんでしょうか？」

同じように人形を壊していたら、犠牲者が出ることはなかった。

「追い詰められた人間に、理屈なんて通用すると思う？」

有希也は人形を掲げると、その首筋に口づけをした。それから、まるで見えない何かを味わうように、うっとりと目を細める。

「美味しい。どうしようもなく煮詰まった、憐れみの味がする」

「味？」

「俺が欲しかったもの。人形そのものではなく、風見さんが人形に籠めていた《憐れみ》が欲しかったんだ。分かりにくいなら、心とか気持ちとかでも良いよ。俺たちはよく《情念》と言うけれど」

「強い想い、ということでしょうか？」

「そう。俺が質物に求めるのは、世にとっての価値ではない。誰かにとっての宝石、その人の情念が籠もったものこそ、俺にとって価値あるもの」

「それでは商売になりません」

莫大な貸付の代わりに、質物を担保として取るのだ。

貸付金を回収できないとき、担保として取った質物を売り払い、金に換えて回収するべきだ。

「商売にする必要はないよ。そもそも、俺たち一族は質屋では生計を立てていない。人の世で生きるための金銭は、土地や建物を転がすことで稼いでいる」

「じゃあ、どうして質屋を？　商いをする意味がありません」

「意味はあるよ。むしろ、質屋こそ俺たちにとって必要なものだ。この店は狩場なんだ。生きてゆくために必要な《情念》を、この質屋を使って集めている」

「有希也さんは、まるで自分たちが《人ならざるもの》みたいに語るのですね」

有希也は笑う。再会したときの可愛らしい笑顔ではなく、冷たい月のような微笑みだった。

「そうだよ。俺たちは《人ならざるもの》。異界から現れた化け物が、気まぐれに人間と交わって続いてきた一族だ。時代によっては、鬼と呼ばれていたこともあるかな。人のつけた呼び名なんて興味もないけれど。――俺たちはね、人の《情念》を喰らって生きるんだ」

まるで果琳を拒絶するように、有希也は言った。この人は、自分と果琳は違う生き物だから、と線引きしようとしている。

「有希也さんが、そうおっしゃるのなら。真実なのでしょうね」

果琳は神も仏も信じていない。だが、有希也のことは信じたかった。

有希也は、果琳を騙くらかそうとしているのではない。ただ、彼にとっての真実を話してくれている。

有希也は、正しく《人ならざるもの》なのだ。

「怖がらないの？　俺のことを」

有希也は驚いたように目を丸くした。

再会してからの有希也は、子どもの頃と違って、あまり感情を表に出さない。年相応の落ちつき、否、それ以上の落ちつきを持っていた。おそらく、彼の生業《なりわい》が、そのようにさせた。

そんな有希也にしては珍しく、明らかに動揺している。

「梔子を憶えていますか？　わたしの住んでいた館の庭にあった」

「もちろん。果琳を見つけた庭で咲いていた花だ」

夏になると、真っ白な花を咲かせる梔子があった。火の海に呑まれた梔子は、もう此の世の何処にもない。

それでも、その花を綺麗と思った気持ちは残っている。

「綺麗で、良い香りのする花でしたよね。たくさんの水と、あたたかい日の光があったから、綺麗に咲くことができた。同じだと思ったんです。水と光で、綺麗な花が咲くように。有希也さんは、人の想いで咲き誇るのでしょう？　たったそれだけのこと。何もおかしなことではありません」

果琳は真っ直ぐ、有希也に向かって笑いかける。この想いが、嘘偽りではなく、果琳の本心であると伝わるように。

「分かっている？　俺は化け物なんだよ」

有希也は自らを化け物という。

しかし、彼の声には自虐的な響きはなかった。

有希也にとって、化け物であることは事実でしかないのだ。恥ずべきことでも誇るべきことでもなく、そういう生き物という認識だ。

ならば、果琳も同じように受け止めるだけだ。

「あなたが化け物であっても、あなたが優しいことは変わらないでしょう？」

「……君って、やっぱり変な子だよね」

「え！　で、でも」

いくら果琳でも、初恋の男に《変な子》と言われたら喜ぶことはできない。

「変な子だけど、そういうところが昔と変わっていない。君の鈍いところ、生き物として致命的に危機感が足りないところに、俺は救われるんだ。きっと黎も同じだったよ。俺には黎の気持ちがよく分かる。――ねえ、果琳。ここにいると、たくさん嫌な思いをするだろうけど。俺は、君と一緒にいたいな」

有希也は微笑んだ。

「一緒に」

「一緒にいてくれたら、黎の質物をあげても良いよ」

「どういう心境の変化ですか？　あんなに黎ちゃんのことをはぐらかしていたのに」

「気が変わったんだ。条件つきで、君に譲ってあげる。そうだね。一年間、俺のもとで、住み込みの《お手伝いさん》をしてよ」

「その対価に、黎ちゃんの質物を譲ってくださる、と?」

「そう。黎の情念――心が籠もった質物だ。欲しくない?」

意地悪な問いだった。欲しいに決まっている。

「分かりました」

「迷わないいんだね」

「迷わないうちに、帝都を出て、親戚の説得をしてまいります。有希也さん、次に帝都に来るときには、お世話になります」

果琳は頭を下げてから、さっそく有希也に背を向ける。

まずは親戚のもとに戻って、一年間の許しを得る必要がある。

良くしてくれている老夫婦には申し訳なく思うが、ここで逃げたら、きっと、果琳は一生後悔する。

(黎ちゃん。わたし、やっぱり、あなたのことを知りたい。あなたは望んでいないのかもしれないけれど)

黎の死を、黎の心を知りたかった。

そうすることで、はじめて黎のことを弔えると思った。

＊

　果琳の背中を見送ってから、俺はかがみ込む。

先ほどまで果琳の足元でまどろんでいた猫は、すっかり怯えたように、毛を逆立てていた。

「白玉」

　猫の名を呼んで、果琳がそうしたように、その頰に触れようとする。しかし、俺の手が触れる前に、白玉は唸り声をあげながら逃げていった。

(獣は賢いね。人などよりも、よほど物事の本質を捉えることがうまい)

　こちらが化け物であることを、人の皮を被っているだけの異形であることを理解しているのだ。

　白玉が逃げたのは、庭に植えてある桜の根元だった。まるで、そこにいる何かに助けを求めるように。

　白玉の目には、有希也の存在が正しく恐ろしいものとして映っているのだろう。

「あの可愛くて能天気な女の子は、自分が異常であることなんて、ちっとも分かっていない」

　致命的に危機感が足りない。だが、そのようなところが好きだった。好きだからこそ、昔の自分は彼女のことを諦めるつもりだった。

人は人と番《つが》うもの。

果琳もまた、自分のような化け物ではなく、ふつうの人間の男と恋に落ちる。世の理として、そうあるべきだと自制していたのに。

「化け物でも良いんだって」

引け目に感じていたことは、果琳にとって何の障害にもならなかった。

俺たちは生きるために、人の情念を喰らう。

質屋を巣として、情念を持っている人間を誘い込む。

崖の縁に立っている人間を、あと一歩で破滅するであろう人間を捕まえて、そっと背中を押してやる。

ほんの少しだけ、彼らの心の均衡をくるわせてやる。

それだけで、俺たちの求める情念は、いともたやすく手に入る。

俺たちは、その行為に罪悪感など抱かない。

どれだけの人間が道を踏み外して、たくさんの無関係の者たちが犠牲になったとしても構わなかった。

俺たちは正しく化け物だった。

身も心も人とは違う。有象無象《うぞうむぞう》の人間がいくら死んだところで、憐れむことも、心を痛めることもない。

「果琳。ただ一人、君を除いて。君だけが俺にとって価値あるものだ」

人の悪意など知らず、否、人の悪意を知っても善であろうとするお人好し。恐ろしい出来事があったとしても、人の善性を信じたいと願っている少女。

俺が喰らってきた情念の中で、最も美しく、清らかな味のする心を持っていた女の子だった。

今でも鮮明に思い出すことができる。

遠い日々のことが、あのとき舌に載せた彼女の心がよみがえる。

まばゆい夏の日差しが照らす、梔子の庭。

いつものように会いにいくと、果琳は目を丸くしてから、心配そうに尋ねてきた。

「怪我をしているの？」

怪我、と言われて、腕を見る。

店に出ているとき、客人から花瓶を投げつけられた傷だった。

あなたはいずれ店を継ぐから、あなたの狩場になるから、と母に言われて、店の手伝いに出るようになってから、このような傷を負うことは多かった。

店を訪れる人間は、どうしようもなく追い詰められている者たちが多い。中には、乱暴な真似をする者もいるから仕方がない。

それに、これくらいの傷、あと数刻もすれば塞がる。

自分たちは人ならざるものだ。何度、人と交わっても、子どもは化け物として生まれてくる。

人の皮を被っているだけで、人ではないのだから。

果琳は泣きそうな顔で駆け寄ってきた。可愛らしいエプロンドレスのポケットから、レースで縁取られた絹のハンカチーフを取り出す。

一目で高級品と分かった。

果琳は、ためらうことなく、傷口にハンカチーフを当ててきた。

「汚れてしまう」

「良いんですよ、汚れても。このまま差し上げます。お母様もお父様も、困っている人たちがいたら、助けてあげなさい、と言います。わたしもそう思いますから」

あかぎれひとつない、誰からも愛されてきた白い指先が、傷口に触れぬよう、優しくハンカチーフを巻いてくる。

その日、若月堂に帰ってからも、なかなかハンカチーフを外すことができなかった。

とっくに傷は塞がっているのに、どうしてか外せなかったのだ。

(あの可愛い女の子も、皮一枚を剝いだら他の人間と変わらない)

そう思って、彼女が腕に巻いてくれたハンカチーフから、彼女の情念を食べた。

それは今まで味わったことのないような、柔らかで、泣きたくなるような味であった。

梔子の庭で微笑む少女のことを思い浮かべる。

純真で穢れなく、人の醜さなど知らぬように笑っていた彼女は、真実、そうなのだろう。人の醜さを知らないから、他人の心に潜んでいる醜さを否定する。

世界は美しく、優しいもので成り立っている、と心から信じようとしている。

そんな人間、此の世の何処にだっていない、いたら困ると思っていた。

自分たちが食べる情念は、人の心の醜さから生まれることが多い。その醜さは、時に争いに繋がり、時に罪なき人をも苦しめるような出来事を引き起こす。

誰もが抱える醜さが、たくさんの情念を生むきっかけに繋がるのだ。

清廉潔白な人間ばかりいたら、自分たちは大事な餌を得るための機会を失ってしまう。

ずっと昔、まだ果琳の暮らしていた館が焼ける前のことを思い出して、俺は目を伏せる。

昔のことが頭を過るのは、やはり果琳と再会したからだろう。

遠ざけていた少女が、昔と変わらない笑顔を向けてきたから、どうしたって思い出に引き寄せられてしまう。

「君は変わらないね。いつまでも綺麗で、美しいまま」

思えば、あの頃からずっと果琳は特別だった。此の世の何処にも存在しないはずの、本当に美しいものだった。

あのとき、恋に落ちたのだろう。

実に呆気なく、取るに足らない人間などに恋をしてしまったのだ。

「可哀そうに」

あまりにも無垢で、綺麗で、だからこそ一度は手放した女の子が、俺のもとに戻ってきた。

化け物は、化け物なりの愛し方しかできないというのに。

腕に抱えていた人形を放り投げる。代わりに、まるで何かにすがるように、木の根元に身を寄せる猫を抱きあげる。

怯える猫を腕の中に閉じ込めて、七つ屋《若月堂》の店主は微笑んだ。

幕間《一》

帝都から離れた高原地帯が、親を亡くした果琳が暮らすことになった土地だ。

避暑地として有名な地域で、果琳を引き取ってくれた遠縁の夫婦は、歴史ある大きな旅館を営んでいた。

その離れを与えられて、果琳の新しい生活は始まった。

帝都にあった館で暮らしていた日々とは、まったく違う日々が流れてゆく。

(黎ちゃんからの、お手紙)

果琳のもとに一通の手紙が届いたのは、慣れない生活に疲れ切っていた頃のことだった。

別れの挨拶もすることができなかった幼馴染みの一人が、果琳に手紙を書いてくれたのだ。

戸を閉め切って薄暗くなった離れで、果琳は手紙を開いた。


果琳。

まずは、手紙を書くことが遅くなって、ごめんなさい。

どんな言葉をかければ良いのか悩んでいるうちに、ずいぶん時間が経ってしまいました。

悩むくらいなら、すぐにでも手紙を書くべきだったのに。

果琳の大好きなご両親、使用人さんたちのこと、とても悲しく思います。その一方で、あなただけでも助かったことを、私は喜んでしまいました。

あなたは、きっと、みんなで助かることを望んでいたのに、こんなことを思ってしまった私を許さないでください。

そして、許さなくても良いから、どうか、これからも友人でいてください。

あなたが、いま、どのように過ごしているのか気がかりです。

新しい土地での生活は、どうでしょうか。

帝都よりも気候が穏やかな土地と聞きますが、慣れない土地での生活で、体調を崩していないか心配です。

黎にぴったりの流れるように美しい文字を読んでいると、果琳の瞳から、大粒の涙が溢れて止まらなかった。

それから数日の時間をかけて、果琳は返事を認《したた》めた。

黎ちゃん、お手紙ありがとうございます。

わたしは大丈夫です。

慣れない土地ですが、すぐに元気になりました。引き取ってくださったご夫婦とも仲良くやっています。

黎ちゃんが心配するようなことは何もありません。


悩みに悩んで、結局、意地を張った手紙を書いてしまった。

本当は、帝都を出てから、ずっと体調を崩している。

遠縁だという老夫婦も、親戚ではあるものの、遠すぎて果琳とは血の繋がりがない。今までも、ほとんど顔を合わせたことのない相手だった。

心を許せる人もおらず、皆にどのように接すれば良いのか、まるで分からない。

両親や使用人たちの死も、変わってしまった生活も、何ひとつ受け入れることができずにいる。

それでも、果琳は生きてゆかなければならない。泣き言を口にしたところで、何も変わらなかった。

だが、そんな果琳の意地など、黎にはお見通しだったらしい。

お返事ありがとう。

果琳は強い子だからきっと、寂しいと言ってくれないでしょう。けど、私は寂しいと思います。

私のために、これからも手紙を書いてほしい。


果琳は送られた手紙を握りしめながら、また、ぼろぼろと泣いてしまった。

あの館で暮らしていた果琳に戻ることはできない。火の海に沈んでしまった大切なものを思うと、ひどく胸が痛む。

失ったのは、両親や使用人たちだけではない。

あの館があったからこそ、果琳は、黎や有希也と出会うことができた。三人で過ごした梔子の庭に帰りたくとも、もう戻ることはできない。

それでも、あの日の思い出が、優しかった梔子の庭での記憶が、きっと、これからの果琳を支えてくれる。

(黎ちゃんは、いつも優しい。はじめて会ったときから変わらない。わたしに手を差しのべてくれる)

目を瞑れば、思い出がよみがえる。

果琳の生まれた洋館には、梔子の咲く庭があった。

夏になると馥郁《ふくいく》たる香りを放つ梔子は、果琳の母親が好きな花で、庭の主役ともいって良いものだ。

心配性の父親と、病気がちな母親の意向で、あの頃の果琳は、館の敷地から出ることを許されなかった。

両親は、果琳のことを嫌って、館に閉じ込めていたわけではない。

果琳を愛しているから、果琳に対して過保護になっている。そのことを知っていたから、外のことが気になっても、決して、敷地の外には出なかった。

あの頃の果琳は、一度も潜ったことのない門の先に、どんな景色が待っているのかも、どんな人たちが生活しているのかも分からなかった。

だから、外から現れた客人に、心奪われるのは当然だったのだろう。

まばゆい日差しが差し込む、とある夏の日。

群れなす梔子をかき分けて、館の庭に現れたのは二人の子どもだった。

月のように美しい黎、太陽のようにまぶしかった有希也。

果琳の、はじめての《お友達》だった。

二・花に焦がれる庭

A Love Burnt Garden

冬の帝都。

ひりつくような風に、果琳は懐かしさを覚えた。帝都の冬は、ほとんど雪が降らない代わりに、ひどく乾いている。

この秋、親友である黎の訃報を知り、帝都を訪れて、有希也と再会した。

あのときと変わらず、大通りの一等地に《若月堂》はあった。果琳は意を決して、商い中の看板が掲げられた扉を開く。

「こんにちは。有希也さん」

様々なものが置かれた店内は、あのときより、ものが増えている気がした。きっと、有希也の客人が増えたのだろう。

ここにあるのは、有希也が金を貸すときに求めている質物なのだから。

店にある椅子に腰かけて、有希也は目を閉じていた。

眠っているのだろうか。

果琳は音を立てないよう、恐る恐る、有希也に近づく。

(とっても綺麗な顔)

火傷の残る美貌に、長い睫毛が影を落としている。

形の良い切れ長の目に、すっと通った鼻筋、薄い唇、透けるほど白い膚。浮世離れした、つくりもののような美しさを持っている人である。

幼少期の有希也も、整った顔立ちをしていたことは憶えている。果琳の友人たちは二人ともそうだった。有希也も黎も、将来、美しく成長することが分かるような顔立ちだったはずだ。

ただ、幼い日の彼らの顔は、果琳の中では朧気だ。

写真の一枚でも残っていたなら別だが、十年も前の記憶となるとはっきりしない。どんな印象だったかくらいは分かるのだが、細部までは思い出せない。

だから、あらためて、有希也はこのような顔をしているのか、と思う。

「そんなに見つめられると、穴が空いてしまうよ」

有希也が笑いながら目を開く。

「すみません。起こしてしまいましたか？」

「気にしないで良いよ。君が来るのに寝ていた俺が悪い。先に手紙は貰っていたけど、思っていたよりも早く帝都に戻ってきたね。ご親戚の説得はできたの？」

秋に再会した時、有希也は言った。有希也のもとで一年ほど住み込みの手伝いをしたら、黎の質物を譲ってくれる、と。

有希也のもとで働くならば、世話になっている老夫婦に話をつける必要があった。

ほんの少し帝都に出るのとは訳が違う。

一年間も家を出て、それも婚姻を結んでいるわけでもない若い男のところに厄介《やっかい》になるのだ。

(もちろん。有希也さんは、世間様に顔向けできないようなことはなさらない。そんな風に考えることは失礼です。……でも、事情を知らない人が見たら、何かあるように思ってしまうから)

意気込んで老夫婦のもとに戻ったものの、内心、果琳は不安だった。

老夫婦から、有希也のもとへ向かう許しが出ない可能性もあったからだ。

「実は、びっくりするくらい簡単に、お許しをいただいたんです」

いざ蓋を開けてみたら、彼らは快く果琳のことを帝都に送り出した。

「簡単に許しが出たのなら、それで良かったんじゃない?」

「あの。有希也さん、もしかして、何かなさいましたか?」

あまりにもうまく事が運びすぎている。

老夫婦が、世話になる相手に良く接するように、と言っていたことも、引っかかっていた。

まるで、老夫婦と有希也は面識があるかのようであった。

「さて、どうだろう。そもそも、そんなこと気にする必要はある? 君の望みは叶ったのだから」

有希也は、はぐらかすように言った。この先も、果琳には何も教えるつもりがないのだろう。

黎の死についてもそうだったが、案外、有希也は口がかたい。少々、お喋りなところがあった。昔は、話し上手で人を楽しませることが得意な一方で、しかし、再会してからは多くを語らなくなった。

「……はい」

「まずは荷物を置いてきて。先に、家の中を案内しようと思っていたけど、気が変わった。今日は天気が良いから出かけようよ。君が帝都に戻ってきたお祝いに、楽しいところに連れていってあげる」

有希也はそう言って、帝都に着いたばかりの果琳を連れ出した。


有希也が連れてきてくれたのは、帝都劇場だった。

果琳は、目の前に広がる光景に、きらきらと目を輝かせる。

うっとりとするような美しい女性が、舞台のうえで、堂々と長台詞を口にしている。

鈴の鳴るような可憐な声でありながら、劇場の隅々まで届くほど力強かった。

はっきりとした抑揚《よくよう》のある声には、彼女が演じている役の感情が乗っている。

（役者の方って、ほんとうに凄い。舞台のうえでは自分に嘘がつける。まるきり別の人になることができるのですもの）

果琳は、自分が嘘をつくことが下手であると知っている。昔、正直なところは美徳、と黎は言ってくれたが、必ずしもそうでないことは分かっている。

だから、こんな風に、他の誰かになりきることのできる役者を尊敬する。

果琳には逆立ちをしてもできないことだ。

やがて、舞台の幕が下りる。

果琳は周りの視線も気にせず、思いきり拍手をした。

観劇を終えると、有希也は果琳を連れて、劇場近くにあるカフェに入った。

「すごく素敵でした。わたし、お芝居を観たのはじめてで」

劇の内容は、古い物語を下敷きにしたものだった。

登場人物の名前から、おそらく、基にした物語は、一目惚れした僧を追いかけるために、異形に身を変えた姫君の話だろう。

姫君は、逃げ惑って鐘に隠れた僧を、鐘ごと焼き殺してしまうのだ。

子どもの頃、黎が教えてくれた物語のひとつだった。

「悲しい演目でした。姫君が僧を殺したことは、許されることではないと思います。でも、あれほど誰かを好きになれたことは、きっと素敵なことですよね」

拙い感想を口にする果琳を、有希也は微笑ましそうに見つめてくる。果琳は、その視線に気づいて、はっと我に返った。

「すみません！　わたしばかり、お話ししてしまって」

「楽しんでもらえたのなら良かったよ。ちょっと失敗したかもしれない、と思ったんだよね。あんまり上手な役者じゃなかっただろう？　帝都劇場に新しい看板女優が立ったと聞いて楽しみにしていたんだけど。期待外れだったな」

「あの女優さんの演技、お上手だと思いましたけど」

「あそこの劇場を拠点としている一座には、ほんの数年前まで、誰もが認める名女優がいたんだよ。彼女と比べると、ね。あの演目なら、もっと真に迫った演技をしてもらわないと。恋するあまり、身も心も異形になり相手を殺そうとした女だ。あれでは、相手を殺したいほどの恋、と思わせるだけの説得力がない」

「そういうものですか？　わたしには、演技も上手で、綺麗なうえに可愛い役者さん、という風にしか見えませんでしたけど」

「……？　可愛さなら君の方が上だよ。十年前、梔子の咲く庭で、果琳と一緒にいたとき。此の世には、こんなにも可愛い生き物がいるんだって、思っていた」

ごく当たり前のことを語るように、有希也は言う。

果琳は目を丸くして、はく、はく、と鯉のように口を開いては閉じることを繰り返す。

そんな果琳を見て、有希也は首を傾げる。

「どうしたの？」

「急に褒めるから、びっくりして」

「急ではないよ。ずっと、そう思っていた。君は可愛い生き物だったよ、昔から」

「可愛いのは、有希也さんだったと思います」

「俺？」

「はい。有希也さんは可愛くて、あったかい笑みを浮かべる男の子でした。まるで有希也さんの心そのものをあらわしたような、太陽みたいな笑顔でしたよ」

「太陽。俺の根っこは、そんな良いものではないけれど。軽蔑した？　再会して。なんだか違う人みたい、と」

　たしかに、再会してからの有希也は、昔よりも落ちついた印象を受ける。しかし、それは彼が大人になったからだろう。

「有希也さんが、どうして、ご自分を貶《おとし》めるようなことを言うのか分かりませんけど。わたし、あなたのことを軽蔑したりしません」

「そう。きっと、俺のことに限った話ではなくて。基本的に、君は誰かを軽蔑したり悪く思ったりができないのだろうね」

「そんなことはありません。わたしだって、悲しかったり、苦しかったり、そういう思いを抱くことはありますよ」

「でも、誰かを憎んだことはないだろう？　君の館に火をつけた誰かのことだって、君は憎んでいない」

　果琳は息を呑む。

　十年前、果琳の生まれ育った館は、炎に包まれた。

「有希也さんは、何処まで、あの火事のことをご存じでしょうか？」

　あの火事で生き残ったのは果琳だけだった。果琳だけが、目の前にいる有希也の手で、燃える館から助け出された。

「卯月ヶ丘の大火事。世間一般に、広く言われていることは知っているよ。当時の新聞記事なんかも後で読んだからね。警察の調べでは、放火だった、と」

　あの日の火事について、有希也が調べるのは当然だ。彼の顔に残っている火傷は、果琳を助けるときに負ったものなのだから。

「はい。放火で、残念ながら犯人は捕まりませんでした。……わたしも、あの日の犯人のことは、もちろん悲しく思います。苦しく思います。どうして、火をつけたのだろう、と思う気持ちだってあります」

　火事により、果琳は多くのものを失った。

　愛する両親も、優しくしてくれた使用人たちも、生まれ育った館も。失ったものに思いを馳せるほど、火をつけた犯人に対して、何故、という気持ちはある。

だが、それとは別に、果琳の胸には後悔があった。

この十年間、黎と文通しながら、いつも有希也のことが頭から離れなかった。

記憶の中で、太陽のように笑う可愛らしい男の子。はっきりと顔を思い出すことができなくなっても、その笑みがあたたかかったことだけは憶えていた。

そんな彼に、消えることのない火傷を負わせてしまった。

「でも。犯人のことを考えるよりも。あなたに傷を負わせてしまったことが、ずっと苦しかったんです」

十年間、有希也のことを思っては、二度と会う資格はない、と言い聞かせた。

だから、黎との手紙で、有希也の近況を問うことができなかった。彼に火傷を負わせてしまったという罪悪感があった。

(病院で、お医者様が教えてくださったから。わたしを助けてくれた男の子が、顔に火傷を負ってしまったことを)

有希也は不思議そうに首を傾げて、それから優しく微笑んだ。

「名誉の負傷とは、思ってくれない？　君の命を助けた傷だ」

「痛かったでしょう？」

「痛かったよ。でも、君が心に負った傷に比べたら、こんなの大したことない。前にも言ったけど、俺は君を助けたことを後悔していないよ」

瞬間、ぽろり、と果琳の頬を涙が伝った。

「ごめんなさい」

「十年も顔を合わせていなかったから、不安になった？　俺が、君のことを恨んでいるのではないか、と。そんなことないのに。……俺たち、もしかしたら、言葉が足りないのかもしれないね」

「言葉、ですか？」

「あらためて、十年前のことを話す機会もなかっただろう？」

たしかに、有希也の言うとおりだった。

黎の訃報を受けて、果琳は帝都に戻ってきた。そのときも、十年前、三人で過ごした日々について話すことはなかった。

かつて、梔子の庭で出逢った三人の子どもたちがいた。

「わたし、黎ちゃんと有希也さんが、庭に遊びにきてくれたとき、すごく嬉しかったんです。同じ年頃の子どもたちと一緒にいることなんて、はじめてだったので」

「遊びにきた、と言うけれど。ただの不法侵入だったんだけどね」

「庭に続くところだけ、塀が崩れていたから、でしたよね？　たしか」

「そう。大人の男ひとり、ぎりぎり通れるか、というくらいの隙間だったけど。子どもだった俺たちなら、二人で通っても平気なくらい大きな隙間だった」

果琳の暮らしていた館は、ぐるり、と高い塀に囲われていた。本来であれば、館の敷地内には、門からしか入ることはできないのだ。

黎と有希也は、塀が崩れてわずかに空いた隙間から、館に忍び込んできた。

「わたし、いけないことだ、と分かっていたんです。分かっていたのに、黎ちゃんと有希也さんが遊びにきてくれたことが嬉しかったから、二人のことを誰にも言いませんでした」

「俺たちも、いけないこと、と分かっていたよ。見つかったら、ただでは済まない、と思っていた」

「それでも、会いにきてくれたんですね」

「君が館から出てこないから、会いにいくしかなかったんだよ。あのときは勇気がなくて言えなかったけど、君を連れて帝都を歩きたかった。君の知らない世界を見せてあげたかった。そんな風に思っていたよ」

有希也は、過去に思いを馳せるように目を伏せた。

「だから、今日も連れてきてくれたんですか？　外に」

「自己満足だったかもしれないけどね」

「いいえ。とても嬉しく思います。……黎ちゃんも、同じように、思っていてくれたのでしょうか？」

「黎も同じことを思っていたよ。黎のこと、今でも親友と思っている？」

「もちろん。この先も、ずっと親友と思っています」

「黎の、どんな過去が明らかになっても？」

「はい。たとえ、わたしの知らない黎ちゃんが明らかになったとしても」

「黎は、君が思うような人ではなかったよ。俺は、帝都を離れていた君と違って、黎とは長い付き合いだったからね」

果琳は思う。やはり、有希也は、黎について多くを語るつもりはないのだ。

「黎ちゃんは、どうして、お金を借りたんですか？」

「言えない。黎との約束だからね」

「約束なら、仕方ないですね。でも。わたしが一年間、有希也さんのところで働いたら、黎ちゃんの質物を、わたしに譲ってくださるんですよね？」

どうして、黎が亡くなったのかは知らない。何故、有希也から借金をしていたのかも分からない。

もしかしたら、その理由は、ずっと分からないままなのかもしれない。

分からないままならば、せめて黎の質物を知りたかった。二度と会えないならば、黎を偲《しの》ぶための縁として手元に置いておきたかった。

（黎ちゃん。あなたの大切なものを、あなたの想いを、わたしは知りたいです。あな

たの友として)

有希也の店があつかっている質物は、その人の情念が籠められたものだ。

黎の質物には、きっと黎の心が宿っている。

その後、二人そろって若月堂に帰る。有希也は、若月堂に入る前に振り返って、こう言った。

「おかえりなさい」

若月堂に帰ってきて、おかえりなさい、という意味だけではない。

(わたしは帝都に帰ってきたのですね)

かつて暮らしていた土地に帰ってきた。

だから、有希也は、おかえりなさい、と言ってくれたのだろう。


若月堂での果琳の暮らしは、とても穏やかに始まった。

住み込みの手伝いと言っても、仕事が多いわけではなかった。有希也は身の回りのことを自分でしてしまうので、果琳が手を出せるのは炊事や掃除くらいなものだ。

遠縁の夫婦のもと、彼らの営む旅館の手伝いをしていたときと変わらない。

(でも、それくらいのことしかできないから、きちんと任されたお仕事は果たしたいです)

有希也は、適度に手を抜いてね、と言っていたが、そうはいかない。

「有希也さん、ご飯にしませんか？」

今夜の食事を用意した果琳は、平屋から店に繋がる廊下を進んで、店内にいる有希也に声をかけた。

もうすぐ日も暮れる。客が来るような時間帯ではないからか、店の中には有希也だけだ。

「ありがとう」

「店仕舞いですよね。お手伝いすることはありますか？」

「それじゃあ、戸締まりしてきてくれる？」

有希也に言われて、果琳は店の戸口まで歩く。商い中の看板をひっくり返して、店の戸締まりをしようとしたときだった。

「そこのお嬢さん」

果琳は、自分への呼びかけと気づいて、声のした方に視線を遣る。

一度見たら目を離せないような、美しい女性が立っていた。

女性にしては背が高く、はっとするほど姿勢が良い。腰まで伸ばされた艶やかな髪が、夕焼けの光をはらみながら波打つ様に、見惚れてしまう。

染みもしわもない顔には、魅惑的な笑みが浮かんでいた。彼女に微笑まれたら、どんなお願いも聞いてしまいたくなる。

「こちらの従業員さん？」

「もう店仕舞いの時間かしら？　まだ間に合う？」

「は、はい」

「少々お待ちください。店主に確認して参ります」

果琳は慌てて店の中に戻った。

「どうしたの？」

「お客さんがいらっしゃっています」

「こんな日が暮れる時間に来るなんて、訳ありなのかもね。良いよ、入れて」

果琳は頷くと、店の前に立っている女性を招き入れる。

「どうぞ、お入りになってください」

「ありがとう」

女性が店に入ると、りぃん、とドアベルの音が鳴った。

(そういえば、どうして、いまベルが鳴ったんでしょう？)

先ほど果琳が戸締まりをしようとしたときは、ドアのベルは鳴らなかった。思えば、有希也が出入りをするときも、このベルは鳴らない。

少女人形を質入れした風見のことを思い出す。彼が店に来たときも、ベルは鳴った。

まるで、有希也の求める客人が現れるときだけ、鳴るようだった。

有希也は女性の姿を見て、目を丸くしていた。

「これは、これは。帝都劇場の看板女優さんではありませんか。お名前は、由香里《ゆかり》さん、でしたか？」

「いまは劇場にはいないわ。あそこにいたのは数年前までのことなのに、あなたのようにお若い方が憶えていてくださるなんて光栄だけど。――お嬢さん、そんなに見つめられると照れるわ」

「申し訳ありません！」

はっとして、果琳は謝罪を口にした。

あまり良くない癖だと分かっているが、人の顔色を窺《うかが》うように、じっと見つめてしまうときがあった。

火事で引き取られてから、そうやって過ごしていたからだろう。

遠縁の老夫婦や彼らの周囲に対しては、どうしても気を遣った。どれだけ良くしてもらっても、見えない壁のようなものがあった。

「ああ、謝らなくて結構よ。私、これでも、あなたたちの親のような年齢なのよ。若いお嬢さんに謝られると、すわりが悪いわ」

果琳は驚く。果琳や有希也たちと、そう年が離れているようには見えなかった。

のですか？」

「いくつになっても、お変わりないからびっくりしてしまいます。何か秘訣でもある

有希也の問いに、由香里は笑う。

「たくさんの人に恋をされてきたから、かしら？」

ふつうの人が口にしたら、自惚《うぬぼ》れ、と思うだろう。しかし、由香里が口にすると、それがただの事実でしかないと分かる。

「あなたのような女優さんであれば、引く手あまたでしょうね」

「店主さんも同じではなくて？　火傷の痕があっても、びっくりするくらい美形だわ」

「残念ながら、人間には好かれない性質なのです。分かるのでしょうね、違う生き物だって」

「まあ。まるで自分は人間ではないみたいなことを、おっしゃるのね」

「そのとおりなので」

「息をするように嘘をつくのね。人の姿をしているのに人ではないもの、など此の世にはいないのよ。狐も狸も化けないし、神も仏もいやしない。そういうのを信じるのは、弱い人間の証拠よ」

「なるほど。でも、それを、わざわざ否定するのだって、それを強く信じているのと

同じではありませんか？　それが実在している、と信じているからこそ、その存在を否定できるのです。ないものは否定できませんからね」

「自分は違う、と？」

「狐も狸も化けない、神や仏もいない。そんなこと、そもそも考えません。ぜんぶ俺にとっては何の価値もない《がらくた》なので。言ったでしょう？　俺は人間ではないので、そういったものに興味もないんですよ」

煙に巻くような有希也の言葉に、由香里は溜息をつく。

「はあ。その面白くもなんともない嘘も、やっぱり、あなたが語ると本当のことのように聞こえる。店主さん、きっと良い役者になるわ」

「ご冗談を。ただの質屋に芝居はできませんよ」

「そう？　あなた、結構な嘘つきに見えるから、きっと芝居が上手よ。本当の芝居上手はね、お客さんだけではなく、自分も欺《だま》すことができるの。役に徹するとは、そういうものだと、私は思っている」

「自分を欺す」

果琳は、思わず繰り返した。

「与えられた役に、自分以外の誰かになるために、まずは自分自身を欺すところから始めるの。声の調子も、仕草も、その心も……」

「なら、俺には無理ですよ。自分を欺すことなんて、とてもできない。自分の心に正直なので。あなたのような女優に、良い役者になる、なんて言っていただけるのは嬉しいですけどね」

有希也は顔の前で、ひらひらと片手を振った。

たしかに、有希也は自分の気持ちに正直だった。

そもそも、この質屋の営みも、彼が自分の気持ち――人の情念を食べたい、それを糧にして生きたい、という欲を叶えるために存在する。

もちろん、果琳はそれが悪いこととは思っていない。

有希也にとって必要だから、有希也は人の情念を食べる。

水と光で花が咲くような、ごく自然な営みで、何ら咎められることではない。

(由香里さんのように、誰かが有希也さんの言葉を疑ったとしても。わたしは本当のことだと思っていますから)

有希也が語るならば、真実、有希也は人ならざるものなのだ。果琳たちとは違う生き物だ、と疑うことなく信じることができた。

有希也が人ならざるものだとしても構わない。

そんなことでは、果琳の中にある彼の価値は変わらない。

「残念。気が向いたら、声をかけてくださる？　いまも帝都劇場には伝手があるのよ。

ご紹介するわ」

「そんな日は来ませんよ。それで？　あなたのような方が、こんな質屋に何の御用でしょうか？　金の工面なら、うちよりも身元がちゃんとしているところを、お勧めしますよ」

「ちゃんとしていると困るのよ。ちゃんとしているところから、督促《とくそく》が来ているところだから。私、主人がいたのだけど、しばらく前に亡くなっていてね」

「知っています。女優を引退した後、帝都劇場の近くにある、さる高貴な家に嫁がれた、と」

「三番目の後妻だけれど、ね。まあ、私には過ぎた幸せな話だったのでしょう。けれども、あの人のことを信用しすぎたみたい。まさか借金を残していたなんて思わなかったの」

「銀行の連中が、借用書を持って押しかけてきましたか？」

「まるで見ていたかのように言うのね？　そうよ。たしかに、あの人が借りたものだった」

「返済にお困りですか？　いや、しかし、どれほどの借金か知りませんが、屋敷を売り払えば済む話でしょう。近年、あの辺りの地価は跳ね上がっています。屋敷を売れば、借金の返済なんて簡単でしょう。返してもなお、一生遊んでいられるくらい残ります」

「どうしても屋敷だけは手放したくないの。他の何を質入れしても構わないから、お金を貸してくださらない？」

「手放したくないのは屋敷？　俺が、あなたに質物を求めるとしたら、その屋敷になりますよ」

由香里は目を丸くする。

「他は、ダメなのかしら？　女優時代に貰った装飾品とか」

「あなたが持っているなら、それは高値で売れる装飾品でしょう。でも、あいにく、俺が質物に求めるのは、世間一般の価値あるものではありません。あなたの思い入れが強いものこそ、質物としての価値がある」

「地価が上がっているから、ではなく。私の思い入れが強いから、屋敷を質入れしろ、と？」

「屋敷というよりも、屋敷にある《庭》に思い入れがあるのでしょう？　正確に言うのであれば、俺が質物としてほしいのは屋敷ではなく庭です。四季折々の花が咲く、美しい庭ですよ」

途端、由香里の顔色が悪くなる。

「あの庭は質入れできないわ」

「そうは言っても、どうしようもないのでしょう？　ここで金を借りなくては、どのみち、銀行の連中に屋敷を差し押さえられる。庭も取り上げられる。返済が滞っているなら、なおのこと時間はない」

　有希也は片手をあげて、指を二本、立てる。

　それから、ゆっくりと一本を折った。

「ふたつにひとつ、ということね。このまま銀行の連中にくれてやるか、ここに質入れして時間を稼ぐか」

「ちなみに、うちは利息を取りませんよ」

「利息を取らなくちゃ、商売にならないわ。さすがに都合が良すぎる」

「都合が良い方が、あなたは嬉しいでしょう？」

「……少し考えさせていただくわ」

「承知いたしました。後日、こちらから屋敷にお伺いします。出歩かれるのも大変でしょう？　こんな遅い時間に訪ねてくるくらいですから」

「そうね。口うるさい銀行の連中とは、あまり顔を合わせたくないから。会うなり、すぐに屋敷の引き渡しの話になるのよ」

　由香里は不機嫌そうに吐き捨てた。

「では、また後日、お伺いします。色好い返事を聞かせていただけたら嬉しく思いますよ。あなたにとって、とても強い思い入れがある庭なのでしょう？」

有希也はそう言って、由香里のことを見送った。


冬の旬といえば、やはり脂の乗った魚である。帝都には大きな港もあり、その漁港には、冬の海の幸がたくさんあがる。

有希也は、小松菜と一緒に煮付けた鰤《ぶり》に箸をのばした。

新鮮な鰤が安く手に入ったので、今夜は鰤づくしだ。

甘い煮付けも、味噌汁も、酢で締めた和え物も、我ながら悪くない出来だ。

付け合わせに、冬野菜の小鉢もたくさん用意したので、美味しく食べてもらえたら嬉しく思う。

「美味しい」

果琳は顔を綻ばせる。

「良かった。でも、お好みに合わなかったら、遠慮なく教えてくださいね。きっと、苦手な味つけもあるでしょう？」

「味つけの好みは特にないよ。でも、茄子は嫌いだから、料理に入れないでほしい。食感が嫌い。だから、夏まで憶えていてね」

　有希也の口にした夏に、果琳は思いを馳せる。

　住み込みの手伝いについて、有希也が提案したのは秋のことだ。期間は一年間と言っていたから、夏も一緒にいるだろう。

「有希也さんにも嫌いなものがあるんですね」

「あるよ」

「昔、好き嫌いはない、とおっしゃっていたでしょう？　たまに食事を残してしまう、と言ったわたしのことを、贅沢者、と」

　当時、果琳は、心配性の両親から、あれもこれもと滋養のあるものを食べるよう言われていた。

　贅沢なことだったが、毎日の食事が少しだけ苦痛だったのだ。

　もともと食が細く小柄な子どもであったため、量を食べることができなかった。

　そんな果琳を、食べ物を粗末にしてはいけない、と諭してくれたのが、有希也であった。たしか、有希也自身は、好き嫌いもなく食べられるものは何でも食べると言っていた。

「あの頃は、君の前では格好つけたかったんだよ。夕方、由香里さんが、俺のことを嘘つきって言ったでしょう？　そういうこと」

「有希也さんを嘘つきと思ったことはありません。由香里さんは、有希也さんのことをよく知らないから、あんなことをおっしゃったのだと思います」

「そう？　まあ、由香里さんからの評価なんて、どうでも良いんだけどね。俺が興味があるのは、彼女の大事にしている庭、そこに籠められた《情念》だから」

有希也はうっとりと目を細めた。


「白玉さん、白玉さん。朝ご飯ですよ」

果琳は庭に出て、若月堂に居着いている白猫の名を呼ぶ。

自由気ままに敷地内のいろいろなところに顔を出す猫だが、そんな彼にもお気に入りの定位置がある。

それが庭に植えてある桜の下だった。

しかし、今朝の白玉は、桜の下にはいなかった。

「白玉なら、たぶん店だと思うよ」

縁側から、有希也が声を掛けてきた。

「店ですか？」

「俺がこっちにいるから、今のうちに店に、と思ったんだろうよ。あいつ、俺のことが嫌いだから」

「お店は好きだけど、有希也さんのことは、嫌い、ということですね」

「そ。もう店を開けるから、一緒に行く?」

果琳は、白玉用の焼き魚を載せた皿を持ったまま、有希也と一緒に店に向かった。

有希也の予想どおり、白玉は店内にいた。壁際に身を寄せて、まるで何かを懐かしむかのように、ぼってりとした頰を壁に擦りつけている。

「お前は、本当に、そこが好きだね。ちゃんと塗り直したのに、お前のせいで、そのうちまた壁が剝げそうだよ」

有希也は呆れたように言った。

白玉が頰を擦りつけているあたりだけ、壁を塗り直したのだろう。よく見ないと分からないが、うっすら光沢を帯びており、周りの壁から浮いていた。

「ここだけ壁を塗り直したんですね」

「古い店だからね。お客さんと揉めて店に傷ができたら、その度に修繕したり隠したりしている。そこの壁だけではないよ。絨毯で隠れているけど、床にもいろいろ傷や汚れがある」

「お客さんと揉める、ですか?」

「きちんと契約を結んでも、そのとおりに従ってくれる相手ばかりではない。人の心は、理屈とは別のところでも動くから」

「頭では分かっていても、心は納得できない。そういうことも多いですから」

有希也は頷く。

「それが人間らしさなんだろうけどね。獣の方が、よっぽど賢くて、聞き分けが良いよ。ねえ、白玉」

有希也の言葉に反応するように、白玉は毛を逆立てた。それから険しい顔のまま、果琳のもとに駆け寄ってくる。

有希也は肩を竦める。あいかわらず、仲良しとは言いがたい店主と居候である。いつか打ち解けてくれたら、と思うが、先は長そうだった。

果琳はかがみ込んで、餌の載った皿を床に置いてやる。

「わたし、白玉さんがご飯を食べている間に看板をあげてきますね。ついでに表の掃除もしてきます」

果琳は白玉の頭を撫でてから、早足で店先に向かった。

扉の上にある看板を《商い中》にひっくり返して、果琳は竹箒を片手に、表の掃除を始める。

しばらくして、頭上に影が落ちる。

果琳が顔をあげると、黒ずくめの男が立っていた。外套も中に着込んでいるスーツも真っ黒である。

びっくりするほど背が高い男だった。街中ですれ違ったら、何度も振り返ってしまいそうな、めったに見ることのない高身長である。

凜々しい顔立ちは、三白眼のせいか怒っているようにも見えた。

男は怪訝そうに果琳を見た。

まるで、果琳がいることが想定外であったかのように。

「店主はいらっしゃるか？　約束している」

「いま確認してまいります。お名前をお聞きしても宜しいですか？」

「氷室《ひむろ》が来た、と伝えてくれ」

果琳は店内に戻った。有希也といるのが嫌だったのか、いつのまにか白玉は姿を消していた。

「有希也さん。お約束のお客様です。氷室さん、と」

有希也はゆっくりと瞬きをした。

「氷室。そうだったね。もう月初めだ。果琳も憶えておいてくれる？　月初めになると、必ず来る人なんだ。金を借りにきているわけじゃなくて、別件だよ」

「別件ですか？」

「帝都で古物商を営んでいる一族の跡取り息子。うちに金目のものがないか、毎月、訪ねてくるんだ」

古物商。

つまり、有希也が手に入れた質物を、買い取ってくれる相手らしい。

(有希也さんが食べるのは形のない《情念》だから。食べたあとは、手に入れた質物を持っている必要はないんですよね)

それこそ売り払っても何ら問題はない。

果琳が招き入れると、氷室と名乗った男は、慣れた様子で若月堂に入ってきた。

彼は椅子に腰かけたままの有希也を見るなり、眉間のしわを深くした。

「だらしがない。せめて立って迎えたらどうだ? 店を開けておきながら、その態度はいかがなものか」

「おや、厳しい言葉だね」

「以前の方が、あなたは、ちゃんとしていた。いまは堕落してしまったな」

「堕落。君からしたら、どんな人間だって、ちゃんとしていない。堕落している、だろう?」

「その軽薄なしゃべり方も不愉快だ」

「不愉快でも、俺と君たちの付き合いは長く続く。今月、引き渡しできるものは少し待っていてね。用意するのを忘れていたよ。面倒だから、もう、ぜんぶ持っていく?」

「ご冗談を。あなたのところにあるのは、たいてい《がらくた》だ。二束三文にすらならないことが多い。ぜんぶは要らない。うちが欲しいのは世の中で価値あるもの。ごく稀に、あなたが持っているものの中にある」

氷室の言葉は厳しかったが、当然の話でもある。有希也の求めている質物は、世間一般で高値のつくものとは、一致しないことの方が多いだろう。

「ごく稀な価値あるものを探しにくるために、毎月、押しかけてくるのだから、奇特な人間だよね。君たち一族は」

「あなたに奇特とは言われたくない。道楽でやっている質屋だろうに、従業員を雇うとは思わなかった」

氷室の視線が、隅に立っている果琳に向けられる。

「従業員ではあるけど、住み込みのお手伝いさん、が近いかな」

「手伝い？　あなたのような身空の人間が、若い娘を住み込みで雇うものではない」

氷室は吐き捨てる。鋭い顔つきなので迫力があった。穏やかそうな印象を受ける有希也と並ぶと、実に対照的である。

「大事にお預かりしている娘さんだよ」

「信用ならない。あなたは、あの女癖の悪い男とも連んでいたからな。最近、顔を見ないが、いよいよ高飛びでもしたか？」

「あれは腐れ縁」

女癖の悪い男。果琳の知らない人なのだろうが、有希也にそのような友人がいるのだろうか。

「俺は不誠実なことしないよ。ねえ、果琳」

有希也の問いに、果琳は慌てて頷く。

「はい。お嬢さん。有希也さんは、ちゃんとされています」

「ここに長く勤めることは、おすすめできない。……金貸しの周りで起きるのは、基本、厄介ごとだ。平穏に暮らしたいのであれば、関わるべきではない。巻き込まれる」

どうやら果琳のことを心配してくれているらしい。

「ありがとうございます、お気遣いいただいて」

「事実を言ったまでだ」

「そうそう、果琳は御礼なんて言わなくて良いよ。……でも、困ったな。君が、今日来ることを忘れていたよ。外に出る用事があったのに」

有希也は溜息をつく。

「こちらが先約だろう？　日を改めるつもりはない。この店と違って忙しいからな」

「そうだよね。君は、そういう人だ」

「有希也さん。外に出る用事、わたしが代わりに行ってきましょうか？　わたしも、いちおう従業員ですから」

少しでも役に立てることがあるなら、と果琳は手を挙げる。

「それなら、お願いしようかな。今日、由香里さんの屋敷を訪ねる予定だったんだ。俺の代わりに返事を聞いてきてくれる?」

「客のもとに一人で行かせるのか?」

「君が帰ってくれないから、仕方ないだろう?　残念ながら、今日一日、きっちり潰れるのは分かっているからね」

果琳は苦笑する。

「小さな子どもではないので、お返事を聞いてくるくらい大丈夫ですよ」

帝都劇場近くにある由香里の屋敷は、門構えも立派だった。由緒正しき一族が、代々、大事に保ってきた、という印象を受ける。

有希也は、このあたりの地価が上がっていると言っていたが、それも頷ける。屋敷の周りにあるのは帝都劇場だけではない。百貨店やら銀行やら、たくさんの新しい建物が並んでいる。今後、ますます栄えるであろうことが予想できた。

(有希也さんに、大丈夫、と言ったものの……)

果琳のような娘がひとりで訪ねるには、いささか気後れする屋敷であった。

「《若月堂》のお嬢さん？」

果琳が立ち尽くしていると、門の中から由香里が顔を出した。

「こんにちは」

果琳は慌てて頭を下げる。

「もしかして、店主さんのお使い？　今日いらっしゃる、とご連絡をいただいていたのよ。ごめんなさい、わざわざ屋敷にまで来てもらって。大したおもてなしはできないけれども、良かったら中に入って」

由香里の案内で、果琳は屋敷に通される。

殺風景な屋敷であった。立派な外観に反して、ほとんどものが置かれておらず、生活感というものがない。

これだけ大きな屋敷であれば、使用人の一人や二人はいるだろうに、人の気配もなかった。

「いろいろ行き届いていなくて、お恥ずかしいわ。実は、お給金の支払いができないから、使用人の方々にも暇を出したの。夫が生きていた頃からお世話になっていた方々だったから、本当に申し訳なかったけれど」

由香里は頰に手をあてながら言う。

それほど、金の遣り繰りに苦慮している、ということだろう。

たしか、由香里の亡くなった夫が、莫大な借金を抱えていた、という話だ。

(旦那様に思うところはないのでしょうか?)

困っているだろうに、由香里の表情からは、夫に対する憎悪や蟠《わだかま》りは感じられなかった。

やがて、由香里に案内されたのは不思議な部屋だった。

この部屋だけ改築したのか、異国めいた雰囲気があるのだ。

壁も天井も淡い色合いをしており、小洒落た暖炉まである。光を取り込む大きな窓の向こうには、冬でも緑を絶やさない庭があった。

ふと、果琳は、二脚の椅子に挟まれた丸テーブルに写真立てを見つける。

「素敵なお写真ですね。旦那様でしょうか?」

一瞬、親子の写真かと思ったが、おそらく違う。

由香里と亡くなった夫だろう。異国のドレスを纏った由香里の隣に、穏やかそうな老紳士が寄り添っている。

素敵な写真だった。見るだけで、二人の仲が良好で、強い結びつきがあったことが伝わってくる。

「ええ。夫婦で撮ったものよ」

「亡くなった旦那様とは、どのような出逢いだったのですか?」

「私が女優だったとき支援してくださっていた方よ。はじめて舞台に立ったときから、舞台を降りる日まで。……いいえ、舞台を降りた後も良くしてくださった。他人からは、年の差や色々なことで煩わしい言葉もたくさん貰ったけど。親しい人たちからは仲の良い夫婦に見えていたはず」

「きっと、旦那様は、由香里さんが女優だった頃から、由香里さんのことが好きだったのでしょうね。由香里さんが舞台に立っている姿、わたしも観てみたかったです。旦那様が誇らしく思うくらい素敵だったでしょうから」

彼女の舞台を観たことのある有希也も、手放しに褒めていたのだ。

亡くなった由香里の夫は、彼女が才能溢れる役者であったことを誇りに思っていただろう。

「そう言っていただけて、とても嬉しく思うわ。若月堂の店主さんも褒めてくださって、ありがたい限りね。……彼、とっても不思議な人ね。私は人ではない何かなんて信じないけれども、庭を質入れしてほしい、と言われたとき驚いたの。どうして、庭のことをご存じなのかしら？　と。屋敷の外からは見えないのに」

庭。有希也が質物として求めているものだ。

果琳は窓から見える庭に視線を遣った。

有希也が質物として求めている《庭》は、あの庭のことなのだろう。

花の美しい庭であった。梅や水仙、椿など、冬に見頃を迎える花が鮮やかに咲き誇っている。

「とても綺麗な庭ですね。もしかして、季節毎にお花が咲くのでしょうか？」

いま花をつけている木や、その足下に咲いている花は、ちょうど庭の四分の一ほどの面積を占める。

果琳は、季節毎にそれぞれ花が咲くのではないか、と予想を立てる。ふつうの庭とは趣が違うが、季節を意識して、花や樹木を植えている気がした。

「あなたの言うとおり、四季それぞれの花が咲くようにしてもらったの」

「旦那様が、由香里さんの希望を汲んで、そのように？」

「ええ。夫が贈ってくれた庭なの。私のための庭よ。……お金になるものは、ほとんど売り払ってしまったけど、この庭だけは手放したくなかった。どうしても」

柔らかで、愛しさの籠められたような声だった。

庭を眺めていた果琳は、思わず由香里に視線を戻してしまう。

彼女が若月堂を訪ねてきたときも、美しい人だと思った。だが、亡くなった夫から贈られた庭について語る今の方が、より美しく感じられた。

「旦那様のこと、お好きなのですね」

「好き？　好きとは違ったかもしれない。そういうのはよく分からないから。分かるのは、あの人ほど私を理解してくれた人はいなかった、ということだけ」

好きとは、違ったかもしれない。そう言いながらも、由香里の表情は柔らかで、好きな人について語っているように見える。

由香里は苦笑しながら、話を続ける。

「私ね、すごく冷たい女なのよ。人の気持ちに疎《うと》いの」

「そんな風には見えませんけど」

「あなたにはそう見えなくとも、私は自分が氷のように冷たい女だと知っているの。だから、かしら？　人の良いところを見ると、その人の心を知りたい、と思って、すぐに言い寄ってしまうのよ。旦那様は、そんな私のことを理解してくれていた」

「由香里さんは、人の良いところを見つけることが、お上手なんですね」

「もっと直接的に言わないと伝わらない？　夫がいたのに、恋人がたくさんいた、と言っているのよ。不誠実でしょう？」

由香里は叱られた子どものように、弱々しい声で問うてきた。

「その旦那様が許していたならば、わたしのような余所者が何かを言うことではないと思います」

俗世間でいうところの夫婦関係とは、かけ離れたものだったのかもしれない。しかし、二人のことをよく知らない果琳が、外から何かを言いたくなかった。

当事者にしか分からない関係がある。

果琳とて、有希也や黎との関係性を、見知らぬ誰かに悪《あ》し様《ざま》に言われたら悲しくなってしまうだろう。

「お優しいのね。ねえ、若月堂のお嬢さん。お名前を教えてくださる？」

「すみません、名乗りもしないで。果琳と申します」

「かりんさん。どんな字を書くのかしら？」

「果実の果に、琳は玉という意味の琳です」

果琳は、長く子どもに恵まれなかった両親にとって待望の子であった。

ようやく実った宝石のように大切な子ども、という意味だという。名前の由来を聞いたとき、果琳は両親から愛されている、とあらためて思ったものだ。

「素敵な名前。あなたにぴったり」

由香里は、白い指先で、そっと果琳の頬を撫でた。

「由香里さん？」

「お庭の質入れのこと、応じようと思うの。お金の工面をするための手段は、限られているもの」

「良いのですか？」

「ええ。我《わ》が儘《まま》を言って、ごめんなさい。十日ほど、この庭と別れるための、お時間をくださる？　十日後、また屋敷を訪ねてきて。――店主さんには、それまで内密に。まだ迷っている、と伝えてほしいの。いま質入れします、とお返事したら、すぐに質物として取られてしまうでしょう？」

「……？　有希也さんなら、待ってくださるとは思いますけど。でも、由香里さんが、そうおっしゃるのなら、十日後まで、有希也さんには何も言いません」

有希也が庭を質物として選んだからには、この庭には由香里の《情念》が籠められている。

彼女にとって、それだけ強い思い入れのある庭なのだ。

質入れするからには、たしかに別れの時間が必要だろう。

まして、質入れしても、その後に金を返すことができなければ、永遠に取り戻すことができないのだから。

(風見さんが、そうだったように)

顔の潰れた人形を質入れした風見は、その金を返す当てがなく、人形を取り戻すことができないと分かっていた。

そうして、人形の代わりに、若い女性を殺しまわった。

金は借りたら返すもの。当然のことだが、そう言っても、ない袖を振ることはできない。

「ありがとう。やっぱり、お優しいのね」

由香里はそう言って、もう一度、果琳の頰を撫でた。


由香里の屋敷を出てから、果琳は大通りを歩く。由香里の屋敷を訪ねた後、立ち寄りたい場所があったのだ。

秋に世話になった女将の経営する宿屋は、今日も繁盛している様子だった。

「果琳さん？」

客の見送りを終えた女将が、果琳を見るなり駆け寄ってくる。

「こんにちは」

帝都にいるならば、一度、顔を出しておこうと思っていた。

「どうして、帝都に？　秋と同じで、亡くなったご友人のこと？」

「はい。その関係で、しばらく帝都にいることになったんです。一年くらい」

「それは。よく、お許しが出たわね」

女将は、果琳を引き取ってくれた老夫婦と知己《ちき》なので、なおさら不思議なのだろう。

果琳とて、老夫婦の説得には、時間が必要になると考えていた。

黎の訃報を受けて、帝都に向かうときですら渋られたのだ。そう簡単に、許しが出るとは思っていなかった。

（有希也さんが、何かしてくださったみたいですけど）

老夫婦と有希也の間に、どのような遣り取りがあったのか分からない。

だが、黎の形見を譲ってもらうために、どうしても帝都に来たかった果琳にとっては渡りに船だった。

「帝都にいる間は、《若月堂》という質屋さんで、お手伝いをしています」

「もしかして、以前、おっしゃっていた？　お友達の訃報を送ってくださった方よね。……あのね、あの後、果琳さんの教えてくれた住所のあたりを歩いたのだけど、質屋さんは見つけられなくて。本当に質屋さんなんてあるの？」

果琳は、やはり、と思った。疑っていたわけではないが、有希也の営む質屋は、誰にでも認識できるわけではないのだ。

おそらく無関係の人には、何か建物がある、くらいしか分からない。

女将は心配そうに眉を曇らせる。

「どういった伝手で、そちらに厄介になっているのしら？　お手伝いとおっしゃるけど。それなら、うちでも良いのよ」

「ありがとうございます。でも、大丈夫です。お気持ちだけいただきますね」

「もし何かあったら、いつでも遠慮なく言ってね。うちは果琳さんが来てくれるなら大助かりだもの。実は、少し手を広げようと思っていて、いま大忙しなの。猫の手も借りたいくらい」

「もしかして、新しい宿を？」

「そう。ずっと考えていたのだけど、なかなか人が集まらなくて。そこに、ちょうど、大きなお屋敷で暇を出された、という方々がいらっしゃったの。今しかない、と思ったのよ」

「大きな屋敷って、もしかして」

「帝都劇場の近くにある屋敷よ。ご存じ？」

「奥様と知り合いなんです」

「ああ。いまは、後妻さんが一人で暮らしていらっしゃるみたいね」

女将はそう言ってから、きょろきょろとあたりを見回す。

「女将さん？」

「ここだけの話にしてね。果琳さんのお知り合いを悪く言いたくはないけど、気をつけた方が良いかもしれない。すごく評判の悪い後妻さんだったみたいで、暇を出された方々、彼女への恨み言ばかりよ。旦那様は、あの悪女に欺された、と」

果琳は、ぎょっとした。

悪女。先ほど由香里と話してきたが、そんな印象はなかった。

「あの、そんな風に言われるような女性ではありません。亡くなった旦那様とも仲が良かったみたいですよ」

「全員が全員、口を揃えて悪く言うのよ。夫がいたのに、いつも恋人がいたような女性だそうよ。それも一人や二人の話ではなく、たくさん」

「女将さんが心配してくださるのは嬉しいです。でも、人づてに聞いたお話で、その人のことを判断したくありません」

愛しそうに夫のことを語った由香里が、嘘をついているとは思えないのだ。

たしかに、年齢差などもあって、悪い噂の的になることも多かったのかもしれない。

だが、たくさんの人に悪し様に言われる関係ではなかったはずだ。

そもそも、由香里の話では、夫以外に恋人がいたというのも、夫の理解あってのことだった。

「ごめんなさいね。心配なのよ、知り合いのお嬢さんだから。……それに、屋敷にいた方々に暇を出した、ということは、お金に困っていらっしゃるはず。果琳さんには、ぴん、と来ないかもしれないけど。お金が絡むと人は怖いのよ」

「お金がなくても、その人の何かが損なわれることはないと思います」

女将は苦笑した。

「そうだったら、良かったのだけれど。また、顔を出してくださる？　困ったことがあってもなくても」

「お金が絡むと人は怖い。たしかに、その女将さんの言うとおりだ」

若月堂の店内で、有希也は溜息をつく。

「わたしは、そうは思いません」

「それは、君が着るものにも、食べるものにも、住むところにも困ったことがないからだよ。君の住む館が燃えてしまったのは悲しい出来事だったけど、君にはご両親の遺してくれたものがあった。だからこそ、引き取ってくれた遠縁の夫婦もいた」

果琳は目を伏せる。

「わたしが運が良かったのは、そのとおりでしょう。でも、やっぱり、お金がないからといって、その人の何かが損なわれるとは思いたくないです」

「そういうところは頑固だね。由香里さん、どうだった？」

「……まだ、迷われているそうです」

本当のところ、質入れする方向で、彼女の気持ちは固まっている。しかし、お願いされた以上、有希也には話せなかった。

（十日後、また、お訪ねして。由香里さんがきちんと決断できたとき、有希也さんにはお話をする）

有希也に嘘をつくのは心苦しかったが、由香里の気持ちも分かるのだ。

思い入れがある庭を手放すことになるのだから、その庭との別れを惜しむ時間が必要だろう。

「そっか。ずいぶん思い入れが強いみたいだからね」

「有希也さんは、あの庭のこと、何処まで見えていらっしゃったのですか？」

「四季折々の花が咲く綺麗な庭、ということは見えていたよ」

「旦那様が贈ってくださった庭、と、おっしゃっていました」

有希也は目を丸くした。

「彼女の夫。たしか、由香里さんが役者をしていた頃、熱心に支援していた人だったね。舞台を観にいったとき見かけたことがある」

「由香里さんが庭に思い入れを持っているのは、旦那様のことがあるからだと思うのです」

有希也は、果琳の言葉が納得いかないのか、小首を傾げた。

「どうだろうね？　俺は、若月堂を訪ねてくる客人に、何を質入れしてもらうか判断するとき、ぜんぶ見えているわけではないんだ。その人が情念を籠めているものが見えるだけ」

「由香里さんの場合、お庭が見えたんですね」

「そう。でも、そこに籠められた情念が何であるのかは分からない。その味は、実際に食べてみたときのお楽しみだ」

「由香里さんが庭を大事にして、そこに何かしらの思いを抱いているのなら、それは恋だと思います。亡くなった旦那様への恋心。旦那様が遺してくれたものだから、由香里さんはこだわっているみたいですから」

「それがいちばん、無難な筋書きだね」

果琳は眉を曇らせる。ずいぶん含みのある言い方であった。

「その無難な筋書きでは、納得いかないのですか？」

「由香里さんは、結婚していたのに、次々に恋人を作っていたらしいからね。一途とは程遠い人だよ。そんな人が庭に籠めている情念が、亡くなった旦那さんへの恋心とは思えない。……知りたいな、どんな情念か、どんな味がするのか。早く食べたい」

「ちょっと気が早いのではありませんか？」

まだ質入れの話も決まっていないというのに、もう、そこに籠められた情念を食べるところまで想像しているらしい。

「由香里さんの返事なんて決まっている。きっと、うちを頼ることになるよ。銀行から借りている金は、どう頑張っても由香里さんには返済できない額だろうからね」

「そんなに大きい額なんですか？」

「正確な額は知らないけど、想像はできる。とても彼女一人で返せる額ではないと思うよ。何をしたって無理がある」

「相手が返せないと分かったうえで、お金を貸して、質物を取るのですね」

有希也は、貸したあと、その金が返ってくるとは考えていない。思えば、風見のときも同じだった。

はじめから返せないと知ったうえで、質物を手に入れるために金を貸した。

「悪質だと思った？」

「いいえ。お金を貸している以上、悪質ということはないと思います。何の対価も払わず、欺し取っているわけではありませんから。……でも、ちょっとだけ思うところがあります」

金の代わりに、大切なものを差し出さなくてはならない。

（本当に大切なものは、お金に換えられるものではありません）

その大切なものを手放すとき――失ったとき、人は身を切られるような苦しみに襲われる。

二度と戻らないものならば、なおのこと傷は深い。

果琳は、有希也の客人のように、質入れして金を借りたことはない。

だが、大切なものを失った経験ならばあった。果琳の大切なものは、炎に沈んで、二度と戻ることはなかった。

由香里の気持ちを、簡単に、分かります、などとは言えない。その人の傷も痛みも、その人だけのものだから、本当の意味で理解することはできない。

それでも、大切なものを失った者として、これから大切なものを失うであろう由香里の心に寄り添いたかった。


由香里との約束の日。

彼女の屋敷を訪ねると、由香里は微笑んで、果琳のことを招き入れた。

彼女は、あの庭の見える部屋に、果琳のことを通してくれた。あいかわらず冬の花が美しく咲いている庭だった。

「お邪魔します。何処かに外出されていたんですか？」

由香里は、つい先ほどまで外に出ていたようで、分厚い羽織を着ていた。寒さのせいか、頰も真っ赤になっている。

「帝都劇場まで顔を出してきたのよ」

「そうなんですね。わたしも、この前、有希也さんと観劇に行ったんです」

「まあ、そうなの？　何の演目だったの？」

「僧侶と姫君のお話でした」

「恋した僧侶を、鐘の中で焼き殺してしまう姫君の話？」

「はい。由香里さんも演じたことがありますか？」

「何度か。恋をしたら、その人のすべてを手にしなくては気が済まない。あの姫君のように強い気持ちを抱くことができたら、どんなに素敵なことでしょうね」

「でも、その恋情で好きな人を不幸にしてしまったら、悲しくありませんか？」

好きな人だからこそ、幸せであってほしい。

好きだからこそ自分のものにしたい、という気持ちも分かるが、それよりも幸せに笑っていてほしい。

「本当、お優しいのね。あなたの好きな人は、若月堂の店主さん？」

果琳は目を丸くする。

「そんなに分かりやすかったですか？」

「お店にお邪魔したとき、すぐに分かったわ。あなたの恋心が、あなたの顔に書いてあったの。あなたは自分の気持ちに嘘がつけない人なのでしょうね」

果琳は苦笑する。

初対面の由香里が察するくらいなのだから、当然、果琳の気持ちは有希也にも筒抜けだろう。

まして、有希也は人の《情念》を喰らって生きている。

果琳の恋心など、とっくの昔に見透かされている。見透かされているうえで、有希也が何も言わないことが、彼の答えなのだろう。

有希也は果琳のことを大事にしてくれるが、果琳に恋をしてくれているわけではない。

(思い返せば、子どもの頃もそうでした。わたしは、有希也さんのことが好きだった。でも、あの人は年下の女の子の我が儘に付き合ってくれただけ)

優しい人だから、果琳の心を蔑ろにできなかった。それだけのことだ。

そして、有希也と再会してからの日々で、いくら鈍い果琳でも察するものがあった。

口では悪し様に言おうとも、有希也の心には黎の存在がある。

果琳の知らない十年間、黎と有希也の間にあったであろう深い繋がり。果琳が踏み入ることのできない二人だけの絆があった。

「有希也さんのことが好きです、でも、好き、と伝える資格はありません。わたしは、あの人の十年に寄り添うこともなく、逃げ出した臆病者なので」

有希也の十年に寄り添ったのは、果琳ではなく、亡くなった黎だった。

「気持ちを伝えるつもりもないのに、恋を続けるの？　好きでいられるの？」

「ずっと好きだと思います。あの人への恋心は、わたしにとって宝石みたいなものなんです。いつまでもきらきらとして、輝いて、わたしを生かしてくれるもののひとつです。叶わなくても、その価値は変わりません」

由香里は眩しいものでも見るかのように目を細めた。

「本当に好きなのね。羨ましい。あなたのような強い気持ちが、私にもあったら良かったのに」

「由香里さんも、亡くなった旦那様のことが好きでしょう?」

「言ったでしょう? 私、とても冷たい女なの。好きなんて感情は知らない。知らないから、知りたい、と思って、いろんな人に言い寄った。たくさんの恋人を作った。そうしたら、私にも分かるかもしれない、と思ったの。人の心が」

「人の心、ですか?」

「そうよ。私は、いつも誰かを演じていた。自分を欺いて、嘘をついて生きていた。だから、自分の心が分からなかったの。演じる役の気持ちは分かっても、自分の気持ちが分からなかった」

「いまは分かるのですか?」

「少しだけ。だから、その少しだけを大事にしたいと思っているの」

由香里は座ったままの果琳を抱き寄せた。彼女は優しく、果琳の背中に腕をまわした。

果琳は驚きながらも、その柔らかな抱擁に、遠い日を思い出した。

（お母様も、こんな風に抱きしめてくださった）

焼け死んでしまった母は、子どもだった果琳のことを、よく抱きしめてくれた。写真の一枚も残っておらず、もう顔も思い出すことはできないのに、抱きしめてくれた記憶は、いまだ果琳の中に残っていたのだ。

果琳の背に触れていた由香里の手が、するり、と上に、上に、あがってくる。白魚のように美しい手が、果琳の肩から首筋を撫であげた。

「ねえ、果琳さん。私、あなたのことも知りたい。あなたの言った宝石みたいに綺麗な恋心が知りたい。だから、私の恋人になってくださらない？」

由香里は濡れたようなまなざしで、真っ直ぐ、果琳のことを見つめてきた。

突然の告白に驚いたが、彼女のまなざしから、戯れでも冗談でもないと分かった。心の底から好かれているように感じた。

「好いてくださるのは嬉しく思います。でも、わたしは由香里さんのおっしゃるとおり好きな人がいるので、恋人にはなれません」

「それは断る理由にはならないわ。私は、あの店主さんのことを好いているあなたが欲しいの」

由香里はそう言って、果琳の頬を撫でる。沈みかけの太陽の光が、由香里の美しい顔を照らしている。

彼女の顔には柔らかな笑みが浮かんでいた。

「恋人にはなれません。わたしは自分の気持ちに嘘がつけないので、あなたを好きにはなれない。あなたを大事にすることはできませんから」

有希也に恋をしたまま、他の誰かに恋をすることはできない。

「やっぱり素敵。そこまでおっしゃるなら、きっと、あなたは、今まででいちばん綺麗な花を咲かせてくださるでしょう」

花を咲かせる。その言葉の意味を理解するよりも先に、由香里の手が、果琳の首にかけられた。

「由香里さん？」

「素敵な心を持っている人は、素敵な花を咲かせるの。きっと、その心の美しさが、花に現れるのね。私の恋人たちは、みんな、そうだったもの」

花と言われて、真っ先に思い浮かんだのは、部屋から見える庭だった。四季折々の花を咲かせるという、彼女が夫から与えられた庭だ。

直後、由香里の細い指先が、きゅう、と果琳の首を絞めた。

果琳は咄嗟に腕を突っぱねるが、果琳の抵抗など、きっと子猫がひっかくようなものだったのだろう。由香里は怯むことなく、指の一本、一本に、さらなる力を込めてくる。

「お庭の花の下には、私の恋人たちが眠っているの。だから、あれほど綺麗な花が咲くのよ。……花が咲いたときだけ、私の心は動くの。自分の気持ちが分かった気がするの。だから、あなたの大好きな店主さんには渡せないわ」

視界の端に、花咲く庭が映った。いまは冬の花が咲いているが、それぞれの季節で、それぞれの花が咲く。

その花の数だけ、由香里の恋人たちが埋まっているのだ。

（有希也さんは、あの庭に、由香里さんの情念が籠められている、と。そうおっしゃっていた）

果琳は、その情念を夫に対する恋だと思っていた。

しかし、由香里は自分で言っていたのだ。夫のことは、好きとは違ったかもしれない、と。

彼女は、自分の心が分からない、と言ったが。

たくさんの人の心を知りたい、誰かの心を通して自分の心を知りたい、と願っていたならば。

あの庭には、きっと、由香里の《憧れ》が籠められている。

自分に嘘をつくことなく、自分を欺くことなく生きてきた人々に対する憧憬だ。

「果琳さんには、どんな花が似合うかしら？」

「……っ、ゆきや、さんが。きっと気づきます」

「大丈夫よ、うまく言い訳しておく。腐っても役者だったのよ、きっちり欺してみせる。だから、あなたは安心して、私のものになって……」

「欺すなら、もっと別の人にしてくださいますか？　俺は御免ですよ」

突然の声に、由香里が振り返る。

瞬間、鈍い音がして、由香里の身体が床に吹き飛んだ。そのまま壁にぶつかって、彼女はぴくりとも動かなくなった。

呆然とする果琳の前に、若月堂にいるはずの有希也が現れる。

「ゆ、由香里さんは」

「自分を殺そうとした女の心配するの？」

たしかに有希也の言うとおりだった。彼が助けに入らなかったら、あのまま殺されていた、と思ったら、今になって震えが止まらなくなる。

震える果琳の前に膝をついて、有希也は溜息をつく。

「ごめんね。中途半端に、君のことを関わらせた俺がいちばん悪い」

「……違います。わたしが、有希也さんに嘘をついたのが悪かったです」

もとを辿れば、果琳が嘘をつかなければ良かったのだ。

由香里が質入れのことを前向きに考えている、と素直に伝えたら、そこで果琳と彼女の関わりは途絶えた。

「嘘？　ああ、そんなこと。由香里さんの質入れの返事を誤魔化したことだよね？　嘘をついてます、と顔に書いてあったよ」

「そんなに、分かりやすかったですか？」

「果琳の嘘なら、すぐに分かるよ。嘘と分かっていたのに、深く追及しなかった俺が悪い。……というよりも、俺が悪い、ということにしてほしいんだ。君を危険に晒したことを悔やんでいるから」

「でも、助けにきてくれました。だから、有希也さんが悪いなんて、そんな風に思いたくありません」

果琳の言葉に、有希也は困ったように笑った。

物心がついたときには、すでに誰かを演じていたの。

親の顔も知らず、親類なんていやしない。

華やかな帝都は、光が大きくなるほど影も大きくなる。栄華の裏には、たくさんの見向きもされない石ころみたいな命があったのよ。

今もたくさんあるでしょうね。

さして珍しい話ではない。私も、そんな子どもの一人だった。

生きてゆくために、自然と誰かを演じていたの。誰かというのは、相手にとって都合の良い誰かという意味よ。そうすることで、私は力尽きていった他の子たちと違って、生き延びることができたの。

相手にとって都合が良いように、相手が望むままに、そんな風に生きていたから、女優というのは天職だったのでしょう。

演じることの苦悩なんて感じたこともない。

息をするように嘘をついて、自分の心さえも欺いてきた私は、いつもと同じようにするだけで、周りからの賞賛を得た。

でもね、あるとき気づいてしまったの。

いつも誰かを演じていたから、私は私自身の心が分からなかった。

私の心は、まるで氷のように凍てついていて、何も感じられなかったの。何かを感じる振りはできても、そこに本当の私なんてものはなかった。

由香里という名前も、劇場の支配人が適当につけたものだもの。

私は、いったい誰なのかしら？

本当の私は、いったい、何処にいるの？

いつしか年齢の問題で、舞台に立たせてもらえなくなって。どれだけ演技がうまくても、私は劇場の求める女優としては合わなくなった。不相応になったの。

幸いにも、ずっと支援してくれた男が、後妻に、と望んでくれた。周囲に言われるがまま、私はそれを受け入れた。

だって、皆、そうなることを望んでいたんだもの。

私は、いつものように、周りに望まれるまま結婚を受け入れた。

「それで終わりだったら、きっと誰も死なずに済んだのでしょうね」

あるとき、屋敷に男が押しかけてきたの。劇場にいた頃の私に懸想《けそう》していたそうよ。

私がいくら拒んでも、何度も屋敷に通ってきた。

危ない目に遭って、咄嗟に、その男を殺してしまったの。

殺意があったか？　殺意なんてなかったわ。自分の心も分からないのに、殺意なんて抱くはずがないでしょう。

本当に事故だった。あのときだけは事故だったのよ。

私はね、その男を庭に埋めた。

あれは何の木だったかしら？　そう、金木犀《きんもくせい》の下だった。あの馥郁たる香りが、血の匂いを、肉の香りを隠してくれるのを願って。

そうしたらね、その秋の金木犀は、恐ろしいほどたくさん花をつけたの。

その花を見たとき、私、はじめて満たされるということを知ったのよ。花を綺麗と思ったことも、心が動いたことも、はじめてだった。

生まれてはじめて、私は自分の心に触れた気がした。

人の血を吸って咲いた花は、きっと、人の心を吸って咲いた花でしょう？　誰かの心が綺麗な花を咲かせて、その花を見たときだけ、私の心は動いたのよ。

そんな私を見て、旦那様は言った。

――君に、この庭をあげよう。君が思うように、美しい花を咲かせたら良い。

旦那様は、ぜんぶ、ご存じだったのでしょうね。後妻が、うっかり人を殺して、花の下に埋めてしまったことなんて分かっていた。その後も、何人も、何人も、殺しては埋めた。

でも、旦那様にとって、そんなことは些細なことだったみたい。

あの人は、私を愛していたらしいの。愛しているから、君の望みは叶えてあげたかった、と死ぬ間際まで言っていた。

私は愛など分からないのにね。

殺した人に罪悪感を持っていないか？

罪悪感などないわ。だって、私は私の心が分からないもの。人を殺して、美しい花を咲かせたときしか、私の心は動かなかった。

これからも、きっと死ぬまで変わらない。

ああ、あの庭なら、好きになさって。あなたに差しあげるわ。

どうせ、この先、私は塀の中よ。外の世界には出られない。店主さん、お金だけはあるのでしょう？　あの庭が欲しいのなら、うまくやってちょうだい。

どうして、こんなことになったのかしら？

いつもの私だったら、もっと計画的にことを進めたのに。

きちんと根回しをして、あなたにもぜったいに分からないように果琳さんを手に入れたはずよ。

そもそも、あなたの質屋からお金を借りて、いったん銀行からの借金をどうにかしないと、どのみち庭も取られちゃうのに。

そんなことも分からなくなるくらい、私、あなたの店を訪れてから、おかしくなってしまったの？

それとも、あなたの可愛い果琳さんが、それだけ魅力的だったのかしら？　あの子の血肉からは、あの子の恋心からは、とっても美しい花が咲いたでしょうね。

まあ、怖い顔。

まるで人ではないみたい。


夜更けになっても眠ることができず、果琳は部屋を出た。

外の空気を吸おうと思って、庭に向かうと先客がいた。

縁側に腰かけて、有希也が煙管《きせる》をふかしていた。澄み切った冬の夜の空気に、ふわり、と煙が融けてゆく。華やかな装飾の施された煙管から、銀河のような煙が零れる様は、まるで御伽噺の一場面を見ているかのようだった。

「眠れないの？」

果琳の気配に気づいて、有希也が振り返る。

「目が覚めてしまって。隣に行っても良いですか？」

「どうぞ」

有希也は笑って、自分の隣を片手で叩く。それから、果琳を思い遣ってか、彼は煙管の始末をした。

再会してからの有希也は、いつもそうだった。さりげない仕草に、果琳は自分が大切にされていることを知る。

たとえ恋でなくても、この人は果琳を大切にしてくれるのだ。

「由香里さんに会ってきたよ」

「お会いできたのですか？」

「警察には伝手があるんだ。ついでに、警察からいろいろ話を聞いてきたのだけど。

――由香里さんの庭。掘り起こしたら、白骨死体がたくさん出てきたらしいよ」

美しい庭には、たくさんの死体が埋められていた。由香里の言うところの恋人たちの遺体なのだろう。

「昔、黎ちゃんから聞いたことがあります。桜の下には死体が埋まっている。死体が埋まっているから、あれほど綺麗な花を咲かせる、と。そんな風におっしゃった方がいらっしゃるのですよね」

「あんなの嘘だけどね。本当にそうなら、帝都には、どれだけの死体が埋まっていることになると思う？」

帝都は、春になると桜の美しい土地だという。薄紅の花が咲き誇る代わりに、たくさんの死体が埋まっているとしたら、それは罪深いことだった。

「由香里さんにとっては、嘘ではなかったのだと思います。死体が埋まっているから、美しい花が咲くと信じていた。有希也さんは、由香里さんがお店に来たとき、何処まで見えていたのですか？」

この人は、四季折々の花が咲く庭に、由香里の恋人たちが埋まっていたことも分かっていたのだろうか。

「ぜんぶ見えていたわけではないよ。言っただろう？　俺は、心の中を覗くことができるわけではないんだ。その人が何を大切にしているのか、その人が情念を籠めているものが何か分かるだけ」

「由香里さんは、どうなるのでしょうか？」

「罪を償うことになるよ。その罪が、何処まで彼女のものなのか、微妙なところだと思うけどね。俺は、知っていて見ない振りをした人間にだって、罪はあると思うから」

「由香里さんの旦那様のことですか？　由香里さんの旦那様は、あの庭にたくさんの死体が埋まっていたことを知っていたのでしょうか」

「知っていたけど止めなかった。由香里さんが美しくあるために、庭に埋められた恋人たちは必要な犠牲だった。そう思っていたんじゃないかな」

「わたしは、人殺しを必要なこととは言えません。どんな理由があったとしても、人は人を殺してはなりません」

「君は、誰にだって優しくできる人だから、そう思うのだろうね。見知らぬ誰かであっても、それが自分を傷つけた相手であっても、きっと心を砕いてしまう」

「わたしが優しいのかは分かりません。でも、わたしはたくさんの人の優しさで生かされました。だから、それを誰かに返したいのです」

「世の中には、君が優しくする価値もない屑みたいな連中が、たくさんいるよ」

「そうでしょうか？　此の世には、本当に屑みたいな人なんていません」

「誰かがひどいことをしても、それは、その人の性根に問題があるのではない。環境がそうさせただけ？」

「はい。人は善意のある生き物だと信じたいのです。……でもね、有希也さん。わたし、あなたや死んだ黎ちゃんが悲しむのなら、わたしの信じたいものは捨てても良いとも思っています。ひどい女でしょう？」

果琳にとっての特別は、有希也と、そして亡くなった黎だ。

誰にでも優しくありたい。そう思う一方で、その優しさも、有希也や黎が傷つくことになるなら、捨ててしまうだろう。

果琳の姿勢は、半端者、と糾弾されても仕方ない。

「ひどい女だとは思わない。むしろ、誰にでも優しくありたい君が、自分の信念を曲げてでも大事にしたいと思ってくれることが嬉しい。どう？　俺の方が、ひどい男だと思わない？　俺のために、君の心を曲げさせる」

そんな風に、ぜんぶ自分のせいだ、と語る有希也の方が、果琳よりもずっと優しい人だった。

「有希也さんは、そうやって、すぐわたしを甘やかす」

「きっと、黎も同じように言うよ。俺は黎の心を知っているから」

「有希也さんと黎ちゃんは、仲良しだったんですものね」

「腐れ縁だよ、ただの」

「あなたがいたなら、黎ちゃんは独りではなかったんだと思います。わたしは傍にいることはできなかったけど、あなたが傍にいてくれたなら良かった」

二人の間には、果琳が入ることのできない関わりがあった。

そのことを寂しく思う一方で、良かった、と思う気持ちも嘘ではない。

果琳は傍にいることはできなかった。だが、有希也は、きっと黎の最期に立ち会ったのだろう。

＊

話し疲れたのか、いつのまにか果琳は寝入っていた。

俺の肩に安心しきった様子で頭を預けて、すう、すう、と可愛らしい寝息を立てている。

冬の寒さで赤くなった果琳の頰を指でつつく。

「俺は、由香里さんの気持ちは分からないけれども、彼女の夫の気持ちは分かるんだよ」

おそらく、亡くなった夫にとって、由香里こそが輝かしい宝石であり、かえのきかない美しい花だったのだろう。

舞台にあがったばかりの彼女を見出したときから、ずっと。

美しく、いつまでも咲き続けてほしかった。だから、そのために、誰が犠牲になろうとも構わなかった。

愛する人には、いちばん美しく幸福であってほしい。

「他の誰が不幸になろうとも構わない。自分にとって何の価値もない石ころが悲しんで、不幸になったところで痛む心などない」

隣で眠る女の子は、いつになったら醜い現実に気づくだろうか。否、最期まで、気づかないでほしかった。

どうして、果琳を引き取った老夫婦が、簡単に果琳のことを帝都に出したのか。

彼らは、血の繫がらない遠縁の娘が、亡き両親から受け継いだ遺産を食い潰していたのだ。

それでも首が回らなくなって、その娘のことを、俺のような金貸しに差し出した。

果琳を質物として差し出す代わりに、多額の金銭を求めてきたのだ。

醜く、恐ろしい人間たちだった。

たとえ季節が巡ろうとも、もう二度と、あの人間たちのところには、果琳を返してなるものか。

「ここにいたら、あなたを幸せにしてあげられる」

だから、どうか。

何も気づくことなく、俺の腕の中で守られていてほしい。

幕間《二》

火事で多くを失った果琳は、帝都から離れた高原地帯に引き取られた。

避暑地として人気があるため、夏になると、果琳を引き取ってくれた老夫婦が経営する旅館も上から下まで大忙しとなる。

手伝いに駆り出されている果琳も、まともに休むことができないまま、あっという間に季節が過ぎ去ってゆく。

帝都にいた頃は、こんな風に慌ただしい生活を送ることになると思っていなかった。あの頃の穏やかな生活が、帝都の日々が恋しかったが、いまの果琳は何処にも行けない。

少なくとも、成人するまでは、この地から離れることはできない。

成人したら、亡くなった両親の遺産が、正式に果琳のものになる。いまは遠縁の老夫婦が管理しているが、果琳のもとに幾らかの資産が入ってくる予定だ。

(そうしたら、どうしましょう？　帝都に帰る？)

そこまで考えて、果琳はうつむく。

帝都には有希也がいる。彼が暮らしている土地に帰る資格が、果琳にあるのだろうか。

旅館の手伝いを終えて、果琳は敷地内にある離れに戻った。

すっかり夜も更けた離れで、蠟燭に火を灯して、文机にある手紙を開く。

すでに何度も読み返しているそれは、帝都にいる親友から送られてきたものだ。

季節の挨拶にはじまり、果琳の身を案じるような言葉が並んでいる。

遠くへ行くことを許されていない果琳を慮ってか、昨今の帝都の様子も書き添えられていた。

(黎ちゃんに、お返事を書かないといけません。でも)

もう何度か、返事を書こうとしては、くしゃくしゃに丸めることを繰り返してしまった。

果琳の暮らしていた館が燃えたのも、夏のことだった。

そのせいか、夏になると、いつもよりも強く有希也のことを思い出す。黎に有希也のことを訪ねる勇気も持てないというのに、愚かなことだった。

(結婚してください。あんな口約束、きっと有希也さんは憶えていないでしょう。憶えていたとしても、あの人には、そんな約束を叶える筋合いもない。まして、火傷を負わせたわたしが、いったい、どんな顔でそれを口にできるのでしょうか)

目を瞑ると、幼い日、約束をねだったときのことがよみがえる。

果琳が生まれたとき、両親が贈ってくれた掌ほどの大きな紫水晶があった。

それを差し出しながら、果琳は有希也に聞いたのだ。

「いつか、わたしと結婚してくれますか？」

幼い果琳は、心臓が飛び出してしまいそうなほど、どきどきしていた。

目を丸くした有希也の背中を、そっと押したのは黎だったと思う。黎は寂しそうな顔をしながらも、果琳と有希也のことを見守っていた。

あのとき、有希也は果琳から宝石を受け取って、太陽みたいな笑みを浮かべた。

そうして、いいよ、結婚してあげる、と言ってくれたのだ。

（分かっている。子どもの頃の、叶うかどうかも分からない約束でした。それでも、あのときのわたしは天にものぼるような気持ちでした）

帝都を出てから、有希也とは会っていない。近況を知っているかもしれない黎にも、有希也のことを尋ねることはできなかった。

火傷を負わせてしまった罪悪感から、合わせる顔がなかった。

引き取ってくれた遠縁の夫婦から、火傷を負った男の子の治療が終わっていることは聞いている。十分な治療が受けられるよう、遠縁の夫婦を通して、両親の遺産から治療費も工面した。

それでも、男の子の顔には大きな火傷が残ったという。

「有希也さんは、もう素敵な女の子と結ばれているかもしれません」

叶わなくとも、報われなくとも、生涯、宝石のように抱きしめていようと思った恋心が、ひどく痛むときがある。

有希也と黎は、果琳より少し年上だから、もう成人しているだろう。

もしかしたら、ふたりとも立派に自立して、新しい家族なども作っているかもしれない。

果琳が恋をした男の子の隣には、果琳ではない女性が並んでいるだろうか。

会いにいく勇気もないくせに、大きくなった有希也の隣に、自分以外の女の子がいる姿を想像したくなかった。

三・残香と残火

Lingering Scent, Lingering Fire

あたたかな陽気に、あらゆる生き物が目を覚ます春のこと。帝都は天候に恵まれて、雲ひとつない快晴が続いていた。

「春だね」

食卓に並んでいる料理を一瞥して、有希也が笑う。

柔らかな筍を醬油と出汁で炊いたご飯が、土鍋から良い香りを漂わせている。蕗の薹、たらの芽、こごみなどの山菜の天ぷらは、薄い衣で、さくっと揚げた。甘いつゆでも、塩でもよく合うだろう。

菜の花のお浸しに、甘い春キャベツのお味噌汁。

旬の食材を詰め込んだ、朝から贅沢な食事であった。

「春ですよ。知り合いからたくさん食材をいただいたので、朝から張り切りすぎちゃいました。まだ暑い時期ではないので、食べきれなかったら、お昼にまわしましょう。山菜の天ぷらとか、おうどんに載っけても美味しいと思うんです」

「天ぷらうどん？　良いね。果琳が来てから、いつも食卓が賑やかだ。俺は、あまり食べ物に気を遣ったことがないから、毎日、新鮮だよ」

果琳が来るまでの有希也は、ほとんど自炊をしなかったのだという。

実際、果琳が帝都に来たばかりの頃、この家の台所は異様に綺麗だった。長らく使われていなかったことが見て取れた。

有希也から渡された食費も、彼自身が相場を分かっていないのか、何度も返したくらい多かった。

「有希也さん、もしかして、ふつうの食事は必要ありませんか？」

彼は人の情念を食べている。もしかしたら、果琳たちのような食事は必要なかったのかもしれない。

（わたし、そんなことにも思い至らなかったなんて）

有希也に美味しいものを食べてもらいたい一心だった。しかし、果琳がしてきたことは、余計なお節介だったかもしれない。

「生きるだけなら、君のいうところのふつうの食事は要らない。俺たちは化け物が人と交わって生まれた一族だけど、どんなに人と交わっても、子どもは化け物として生まれてくる。だから、人の食べ物は必要ない」

「お節介でしたか？　料理」

「ううん。生きるためには必要ないけど、君の作ってくれたものは食べたいよ。料理の味は分からないけど、君の心が籠められている。君の心の味は分かるから」

果琳は目を丸くしてから、ほっと息をつく。

「それなら、いっぱい気持ちを籠めますね。有希也さんが元気でありますように、幸せでありますように。今さらですけど、なんだか腑に落ちました。有希也さんが、茄子は嫌い、と言っていた理由が。食べ物の味が分からないから、食感で好き嫌いがあるんですね」

以前、有希也は茄子の食感が嫌い、と言っていたのだ。味ではなく食感が嫌いというのも、理由が分かれば納得できる。

「気持ち悪いと思わないの？　勝手に、君の心を食べていたのに」

「気持ち悪いなんて思いません。でも、そうですね。できるなら、美味しく食べていただけると嬉しいです。それが少しでも、あなたが生きる糧になったら嬉しい。……有希也さんがお店で食べているような情念には、きっと及ばないのでしょうけど」

果琳の作った料理だけで生きてゆけるのならば、そもそも質屋をしている必要がない。果琳の料理は、ほんの少しの腹の足しにしかならないのだろう。

「比べるものではないよ。いっそのこと、君の心だけで生きてゆけたら良かったのにね。そうしたら、質屋なんて面倒なことを続けなくても済む」

「……不思議に思っていたのですけど。有希也さんの言うところの情念って、必ず質物にしなければいけないのですか？」

「こっそり食べることはできないか、ってこと？」

「はい。黙っていても、きっと相手には分からないでしょう？」

有希也の求めている情念とは形のないものだ。

彼が、そのものに宿った情念を食べたところで、物自体が損なわれるわけではない。他人の持ち物であっても、情念を食べることはできるのではないか。

「残念ながら、相手から差し出してもらわないと、食べることができない。そこに籠められた情念に触れることさえできない」

「どんなに頑張っても？」

「頑張っても無理だよ。これはもう、そういうものだ、と理解してもらうしかないけれど。此の世の理、そういう決まりごとになっているんだ」

「有希也さんの御先祖様は、異界から来たのに？」

此の世の決まりごとなど、彼らには関係ないのではないか。

「異界からの余所者だからこそ、此の世の理には逆らえなかった。郷に入っては郷に従えということだね。筋は通さないといけない」

「有希也さんが、自分で買い取ってはいけないのですか？」

「それもだめだね」

「でも、由香里さんのお庭は？」

由香里は質入れする前に捕まった。あの後、有希也は庭を手に入れるために、由香里の夫が借金をしていた銀行と話し合ったらしい。果琳は詳細を教えられていないが、銀行との話し合いは、おそらく金で解決している。

有希也が買い取ったようなものではないだろうか。

「あの庭は、由香里さんと警察で面会したとき、あげる、と言われているからね」

「質入れではないけど、由香里さんから差し出された、ということですね」

「そう。由香里さんのときは少し違ったけど、質屋は都合が良いんだ。分かりやすいだろう？　金を貸し付ける代わりに、相手から質入れしてもらう。その後、相手が返済を怠ったら、それは相手から質物が差し出された、ということだ。……そんなに難しい顔をして考え込まなくて良いよ。俺の問題なんだから」

「でも、一緒にいるのですから、有希也さんのことを知りたいです。知って、できるだけ不自由なく過ごしていただきたいのです」

いまの果琳は、住み込みの手伝いでもあるのだ。有希也が快適に過ごせるように力を尽くす理由がある。

「君は十分、よくやっているよ。うん、今日も美味しいね」

はぐらかすように、有希也は料理を口にして褒める。果琳の差し出した料理から、果琳の気持ちを味わうように。

「……それは良かったです」

「筍は好きなんだ。ちゃんと食感があって」

「筍も山菜も、帝都にいるお知り合いから分けていただいたんですよ」

帝都で宿泊業を営んでいる女性——果琳が女将さんと呼んでいる人——は、果琳のことを気に掛けて、いろいろと食材を融通してくれる。

先日訪ねたときも、たくさんの旬の食材を持たされたのだ。

「何か御礼しないとね。今度、手土産でも持って、挨拶に行ってくれる？」

「分かりました。でも、いまはお忙しいかと思うので……」

「忙しい。何をしている人？」

「帝都で、いくつかの宿を経営されている一族の方です。いまは花見の季節でしょう？」

帝都は、桜が有名な土地であり、春になるとかなりの賑わいを見せる。

もともと人の出入りが多い土地ではあるが、いっそう外からの客人が増えて、いまごろ宿は大忙しのはずだ。

「たしかに花見の季節だね。俺たちも行く？」

「素敵ですね。わたし、お弁当を用意します」

「良いね。店なんか適当に閉めて、花が散る前に行こうよ」

「そこは、お店を優先して良いんですよ？」

「たまには休んだって良いよ。それに、俺には、君の希望よりも優先するものなんてないから」

有希也は何てことのないように言ったが、果琳は返事に困った。

(深い意味はないと分かっているのですけど、心臓に悪いです)

有希也の言葉に、特別な意味があるわけではない、単純に、この人は世間知らずの果琳を放っておけないのだ。

十年前の果琳を知っているから、なおのこと。

「花見、楽しみにしていますね」

「俺も楽しみにしているよ。他には？　何か希望があるなら言ってよ。いつも美味しい料理を用意してくれている御礼だ」

「希望。強いて言うなら、包丁研ぎを貸してほしい、という感じでしょうか」

「切れなくなった？」

「実は、こちらにお邪魔してから、ずっと切れ味が悪くて」

もともと台所にあった包丁を使わせてもらっているのだが、果琳が帝都に来たときには、すでに切れ味が鈍かった。

ずっと使われることなく、台所の隅に押しやられていたせいだろう。

切れないわけではないが、いい加減、研がなくてはならない。

「店にある包丁を出そうか？　研ぐのも面倒だろう」

「ああ。お店にありましたね、包丁」

はじめて若月堂に来たとき、店内に飾られていた品々の中に、たしかに包丁も見かけた。

「あるよ。昔、質入れしてもらった包丁。十人も殺した曰くつき」

果琳は息を呑む。

有希也の質屋にあるものは世間一般に価値あるものではないのだから、そんな曰くつきの包丁があっても不思議ではない。

「冗談だよ。そんな包丁で、食べ物を切らせるのは気が引けるもの」

青ざめた果琳を見て、有希也はくすくすと笑った。

「もう。あんまり物騒な冗談は言わないでください」

果琳がそう言ったときのことだった。

「すみません！　いますか、店主！」

ドンドン、と大きな音が、店の入り口から聞こえた。

まだ店を開けるには早い。商い中の看板も掛かっていないというのに、誰かが扉を叩いているのだ。

果琳たちがいる平家と店は、渡り廊下で繋がっている。それなりの距離があるというのに、ここまで声が届くのか。来訪者はよほど大きな声を出しているらしい。

まだ店を開けていないのに、このままでは鍵を壊して、無理やり押し入ってきそうだった。

「店の鍵を開けてきますね」

「待って」

立ちあがろうとした果琳のことを、有希也は止める。

「有希也さん？」

「厄介な客人かもしれない。俺が出るよ」

「そんな。お客さんを厄介だなんて」

「その厄介な客のせいで、二度も危ない目に遭っているのに？　あんまり無防備で、危機感が足りないと、君の命、いくつあっても足りないよ。世の中には、悪い人がたくさんいるんだ」

「世の中、本当に悪い人なんていないと思います。悪いことをしたのなら、それは、その人の状況がさせたことです」

有希也は苦虫を噛み潰したような顔になった。

「そういうところが心配なんだよ。でも、良いよ。君がお人好しなら、俺が守ってあげるだけだから」

有希也は立ちあがって、店へと向かった。

その背中を見つめながら、果琳は頬に手を当てる。きっと、いまの自分は、赤い顔をしているだろう。

それから、果琳は食事に手をつけず、有希也の戻りを待った。

しかし、土鍋の炊き込みご飯がすっかり冷めてしまっても、有希也は戻らない。

来客の対応にしては、ずいぶん長くかかっている。

（有希也さん。大丈夫でしょうか？）

果琳の胸には一抹の不安があった。

もしかしたら、何かしら揉めているのかもしれない。

果琳は、平屋から渡り廊下を通って店に向かった。柱の陰に身を隠して、こっそり店の様子を窺う。

有希也と、その向かいに痩せた男が立っていた。

あまり身なりに気を遣わない性質なのか、ずいぶん着古した外套を着込んでいる男だった。

（……？　何処かで、見たことあるような男の人）

果琳はわずかに引っかかりを覚えたが、何処で見たのか思い出せない。その間も、有希也と男の会話は止まらない。

「古い契約でしょう？　前の店主との。俺は知りませんね」

有希也の声は落ちついたものだった。

だが、相手の方は、ずいぶんと激昂しているらしい。

「引き継ぎくらい受けているだろう！　あんた、前の店主とも顔が似ているじゃないか。家族なのか親族なのか知らんが、何か知っているはずだ。知らないなら探してくれ！　俺が質入れしたものを」

「前の店主は、もう亡くなっているのですよ。遺言などもありません。それに、あなたのおっしゃるものは、すでにあなたのものではない。所有する権利はうちに移りました。返済を怠ったのでしょう？」

「ず、ずっと遅れていたのは悪かった。金を借りたまま、帝都を出ていったのも反省している。でも、いま、ちゃんと耳を揃えて金を持ってきただろう？」

「うちの契約では、年に一度の返済ができなくなった時点で、文句を言う資格はありませんよ。金を借りるとき同意したのでしょう？」

「あんた、人の心はないのか？」

「ありませんよ、人の心なんて。不義理を働いたのは、そちらでしょうに、温情をかけてくれ、なんて厚かましい」

「ごうつくばりの金貸しが。足下を見やがって」

「ごうつくばりは、どちらでしょうか？　うちは、ずいぶん良心的ですよ。利子も取っていません。巷には、もっとあくどい高利貸しが溢れている」

有希也は、心外だ、と言わんばかりに溜息をつく。

そうして、摑みかかってきた男の手を握り、そのまま勢いよく、その場に引き倒してしまった。あの細い身体の、何処にそのような力があるのか分からないが、実に鮮やかな手つきだった。

倒れ込んだ男が悲鳴をあげる。有希也は構わず、男の襟首を摑むと、店の外へと放り投げた。

「それでは。二度と、お会いしないことを祈っております」

有希也は勢いよく扉を閉めた。

扉の向こうから、しばらく乱暴な声が聞こえてきたが、次第に小さくなり、それから足早に去ってゆく音がした。

「果琳。もう大丈夫だよ、出ておいで」

「お客さん、怒っていましたね」

「客ではないよ。金を貸したのは俺ではなく先代だし、関わりたくもないね」

「さっきの方がおっしゃっていたように、引き継ぎとかは」

「ないよ。先代は急に亡くなったからね」

「……先代さんは、有希也さんのご家族ですか？」

「いちおう母親。君が気にしているのは、俺に家族がいるか、ということ？　俺たちは、異界から来たものが、人と交わって続いてきた一族だ。だから、俺にだって親はいるし親戚連中だって多いよ」

「良かった。有希也さんは一人ではないんですね」

果琳のように、血の繋がった親族すべてを失ったわけではない。

果琳は、あの火事で遠縁に引き取られた。あの人たちは親族ではあるものの、果琳とは血の繋がりを持たない。

此の世には、もう果琳の血の繋がった人はいない。その心細さを知っているから、有希也には同じ思いをしてほしくなかった。

今も昔も変わらない。

果琳は、大好きな人には幸せであってほしい。

有希也は目を丸くして、それから苦笑した。

「お人好しなんだから。ほら、戻ろう。さっきの男のことなんて忘れて良いから」


有希也との花見も終えて、帝都の桜が葉桜になった頃。

果琳は手土産を持って、女将のところを訪ねた。

「まあ。律儀に、ありがとう」

有希也の勧めで買った最中を見て、女将は嬉しそうに笑った。帝都で評判の最中は、女将もよく知っている店だったらしい。

「こちらこそ、たくさん美味しいものをいただき、ありがとうございました。お手伝いしているところの店主さんにも、すごく喜んでもらえたんです」

「それは良かったけど。そろそろ、果琳さんがお手伝いしている店主さんの顔が見たいわ。やっぱり心配よ。だって、質屋さんなんでしょう？」

「女将さんが、心配してくださっているのは嬉しいです。でも、人のことを、その人の御仕事だけで判断するのは違うと思います」

質屋であることを理由に、有希也のことを批判しないでほしかった。

「ごめんなさい。うるさく言いたくないけど、心配なのよ。気をつけてほしいの。最近、嫌な話も聞いているから」

「何かあったのですか？」

「秋に、あなたが帝都に来たときに居合わせた、元木くんのこと憶えている？　ほら、新聞記者の。若い頃に面倒を見ていた関係で、いまも宿の一室を貸しているんだけど」

そこまで言われて、果琳の頭の中で色々なことが繋がった。

（そうだ。有希也さんのところを訪ねてきた男の人。何処かで見たことがある、と思ったら、女将さんが面倒を見ている新聞記者さんだ）

「憶えています。その記者さんから、何かお聞きになったのですか？」

「この頃、警官の見回りが多くなっているでしょう？　なんでも、帝都の外で起きた強盗殺人の犯人を追っているとかで」

「強盗殺人？」

「集団で押し入ってくるそうよ。それも舶来の銃を持って。恐ろしい話でしょう？果琳さんのいるところが質屋さんなら気をつけてほしいの。お金をあつかっていらっしゃるし、価値あるものだって置いているでしょう？　——もう何人も殺しているって話よ。ものを盗むために人を殺すなんてひどいこと。恨みつらみがあったり、何かしらの気持ちがあったから相手を殺しましたって言われた方が、ずっとマシよ」

「同じように人が死んでいるのに？」

どんな理由であっても、人死にが出ている以上、変わらないのではないか。

「そこに気持ちがあるなら、まだ納得できる。でも、たまたま金目のものを持っていたから殺されました、なんて死んだ人間も周りも納得できない。心の折り合いがつけられない」

そこまで言われて、果琳はようやく腑に落ちた。

つまるところ、納得できる理由が必要、ということだろう。大きな不幸に見舞われたとき、人は納得できるだけの理由を求める。

そうしなければ、心の折り合いをつけて、前に進むことができない。

（たしかに。わたしも、館に火をつけられた理由が分からないから、あの火事のことを過去の出来事として割り切ることができない）

放火であったことは知っている。

しかし、放火犯は、いまだに捕まっていないのだ。

もう十年も時が流れたことを思えば、犯人を捕まえることは絶望的だろう。警察の捜査とて、とっくの昔に打ち切られている。

（あの夜、どうして火がつけられたのでしょうか？　両親が恨まれていた？　それとも女将さんの言っている強盗殺人のように、何かを盗むため？　ぜんぶ燃えてしまった今となっては分かりません）

有希也に火傷を負わせてしまったことが申し訳なくて、そのことばかり頭を過っていた。

否、そうやって有希也のことばかり考えていたから、結果的に、果琳は放火犯について、あまり考えることはなかったのだろう。

もしかしたら、無意識のうちに考えないようにしていたのかもしれない。

（もし、あの夜、館に火をつけた犯人が現れたら？　火をつけられた理由も分かったら？　そのとき、わたしは）

どのような気持ちになって、どのような行動をとるのか。

果琳は、自分が何をしてしまうのか分からなくて、恐ろしくなった。

誰にでも優しくありたい。たくさんの人の優しさが、善意が、果琳のことを生かしてくれたから、それらを誰かに分け与えたい。

だが、あの火事を引き起こした犯人に対しても、同じように思えるだろうか。

果琳は、犯人のことを憎んで、もしかしたら。

もしかしたら、殺したい、と考えてしまうかもしれない。


女将と別れて、果琳は帝都を歩く。

「お嬢さん！　あんた若月堂にいたお嬢さんだろう？　店の奥にいた！　あのとき、一瞬だけ姿が見えたんだ」

肩を摑まれて、果琳は振り返った。

そこにいたのは、この前、若月堂に乗り込んできた男だった。

有希也の前の店主――若月堂の先代に貢入れし、金を借りていたものの、返済を怠っていた男は、女将から元木、と呼ばれていた新聞記者だ。

元木は唾を飛ばしながら、捲し立てるように続ける。

「頼む！　店主に取り次いでくれないか？　あれから、何度、訪ねても追い返されるんだ」

「ご、ごめんなさい。あの、わたしは従業員というよりも、正確にはお手伝いさんのようなもので。店主の商売に口を出すことはできません」

対外的には、従業員、というように紹介されるが、有希也の商売に深く関わることはない。頼み事をされて動くことこそあれど、手伝いの域を出ないような簡単なことしかしていない。

青ざめた顔をした元木を、果琳は気の毒に思った。

「どうすることもできませんが、お気持ちが楽になるのであれば、お話だけでもお聞きしましょうか？」

果琳は元木とともに、通りの隅に移動した。

行き交う人々は、他人に興味がないのか、果琳たちのことを一瞥することもなく、それぞれの目的地に向かっていた。

帝都の人間は、良くも悪くも他人に対する興味が薄い。

すれ違う人間が、どのような出自で、どのような経緯で帝都に流れついたのかも分からないまま生活できる。

果琳は、そのことを少しだけ怖いと思うが、帝都の人間にとっては当たり前なのだ。

「お嬢さん。名乗りもせず悪かった。元木と言う。新聞記者をしている」

「存じています。一度、宿屋で顔を合わせていますよ。あなたがお世話になっていらっしゃる」

元木は思い出したように手を叩く。

「女将がお節介を焼いていたお嬢さんか」

「はい。果琳、と申します」

「いやあ、そうか。お嬢さん、よく憶えていたな。こんな小さい新聞社を渡り歩くしかない三流記者のこと」

元木は自分自身を嘲笑うように言った。

彼の指にはペンダコがいくつもできている。今までたくさん取材し、その内容を書き留めてきた手なのだろう。

それは、彼自身であろうとも、嘲笑されるようなことではない。

「……？　記者のお仕事は分かりませんが、ずっと同じお仕事を、長く一生懸命に続けてきたのでしょう？　それは誇るべきことだと思います」

元木は目を丸くして、それから懐かしむように口を開いた。

「お嬢さん。昔、あんたと同じことを言ってくれた御婦人がいた」

「そうなのですか？　でも、きっと、わたしとその方だけでなく、たくさんの方が、元木さんのお仕事を立派だ、とおっしゃると思います」

「いや、あんたや、あの御婦人が特別だ。俺たちは、いろんなところから煙たがられるから。……実は、前の店主に質入れしたものは、その御婦人に関わるものだったんだ」

「その女性から頂いたもの、とかでしょうか？」

元木は苦笑した。

「形のないものが質物だったんだ。だから、前の店主に質入れした後も、正直、ピンとこなかった」

「形のないもの？」

果琳は首を傾げてしまう。今まで果琳が見てきた若月堂にある質物は、すべて何かしらの形を持っていた。

そもそも、形のないものを、どうやって遣り取りするのか。

「香りだよ。さっき言った御婦人が暮らしていた家の庭に咲く花の香り。不思議だろ？　そんな形のないものを質入れしてしまった。そうしたら、すっかり思い出せなくなったのさ」

「そのお庭に咲いていた花の香りを、ですか？」

「香りだけじゃない。その御婦人との思い出も。何か大事な思い出があったはずなのに、その思い出ごと消えちまった。顔も思い出せないいんだぜ、ひでえ話だろ」

元木の話を、そのまま信じるのであれば、つまり花の香りという質物だけでなく、そこに付随する記憶までも質物となった、ということだろうか。

若月堂が質物として求めるのは、その人物の《情念》が籠められたもの。

俗世間の価値ではかることのできないものだ。

元木にとって大事な香りと記憶を質入れする代わりに、若月堂の先代は、元木に金を貸したのだろう。

若月堂の先代は、有希也の母親だという。

有希也と同じように、人の情念を糧として生きていたはずだ。

「元木さんは、その庭の花の香りと、その庭のある館で暮らしていた御婦人との思い出を取り戻したいのですね。あの、どうして、今になって取り戻したい、と思われたのですか？」

元木は質流れするのを承知で、返済を怠ったのだろう。それから何年も経っているはずだ。今さら取り戻したい、と思ったことには、何か理由があるのだろうか。

「最初は良かったんだ。金が手に入ったなら、質物がどうなっても構わなかった。けどよ、だんだん気になって仕方がなくなった。特に、秋くらいから、それがひどくなって。急に質入れしたものについて考える時間が増えていった」

秋。ちょうど女将さんのところで、果琳が元木を見かけた頃だろうか。

「それで若月堂にいらっしゃったのですね」

元木は頷く。

「返済を怠っていたことは、こちらに非があるけどよ。ちゃんと、あのとき借りた金を揃えたんだ。なんとかして、質物を取り戻してえよ。な？　だから、お嬢さんどうか店主を説得してくれ」

「わたしが何を言っても、有希也さんは変わらないと思います」

「でも、あんた店主の女なんだろ？　店にいたくらいなんだ。一緒に住んでいるんじゃないか？」

「い、いえ！　違います。わたしは、身の回りのお手伝いをしているだけです」

「嘘つけ。な？　頼むよ。このとおり。いまは金ならあるんだ！」

「……できません。元木さん、先ほど、返済を怠った、とおしゃっていましたよね。有希也さんは約束事を破る人ではありません。若月堂の先代様も、きっと、そうだったでしょう。あなたがきちんと返済をしていたら、あなたが質入れした花の香りも、御婦人との記憶も、取り戻すことができたはずです」

果琳は有希也のことを大事に思っているので、有希也が不利益を被るような事態は避けたかった。

まして、有希也から約束を破ったならまだしも、今回は違うのだから。

若月堂は、質物を手に入れるために、わざと金を返すことのできない相手に金を貸している。有希也たちが欲しいのは質物だから、金を返済される方が困るのだ。

そういった事情も知っているが、金を貸している以上、彼らに非はない。

「なんでも買ってやる。いくらでも払うから！　頼むよ」

果琳は首を横に振った。金銭の問題ではない。いくら積まれたとしても、やはり元木の味方はできない。

「お力になれず申し訳ありません。失礼いたします」

果琳は頭を下げて、人混みに飛び込んだ。

後ろから引き止める声が聞こえたが、決して振り返らなかった。


台所で夕食の準備をしながら、果琳は昼間のことを思う。

生来、果琳は誰かに頼み事をされると弱い。断ることができず、押し切られてしまうことも多かった。

しかし、元木の頼み事は、引き受けたくなかった。

だから、果琳にしては珍しく断って、逃げるように人混みに紛れてしまった。

（強く言いすぎたでしょうか？　でも、間違ったことは言ってません）

元木には悪いが、果琳が優先すべきは有希也のことだった。

「昼間、誰かと会っていた？」

果琳は驚いて、包丁を落としそうになる。

「有希也さん。いきなり声をかけないでください、びっくりします」

「ごめん。誰かとお茶でもしてきたのかと思って。知らない煙草の香りがするから気になったんだ」

「たぶん、人と話したから、匂いが移ったんだと思います。この前、若月堂にいらっしゃった男の人に声をかけられたんです」

「元木さん？　ごめんね。君が、うちにいることを知られてしまった？」

「有希也さんの責任ではありません。奥で待っているように言われたとき、つい、様子を見にいったわたしが悪いです。実は、一度会ったことがある人だったので、遅かれ早かれ知られたと思います」

果琳は女将のところで顔を合わせていたことを話す。

「それは、あまり良くないことだね。余計なことをする前に、あらためて話し合いが必要かな」

その話し合いは、おそらく果琳が想像するよりも物騒なものだろう。

「有希也さんは何もしなくても大丈夫ですよ。有希也さんのことを説得してくれ、と頼まれましたけど、断りましたから」

「お人好しの君にしては珍しいね。今までの客に対しては同情してきただろうに」

風見や由香里のことだろう。

「元木さんは、その方々と違って、もう約束を破っているのでしょう？　有希也さんが譲ることではないと思ったのです。わたしは、……よく知らない人よりも、有希也さんの方が大切ですから」

有希也は、優しく、まるで包み込むような微笑みを浮かべた。

「俺のため？　嬉しい。でも、あまり危ないことはしないで。ああいう輩は何をするか分からないのだから。ずっと返済を怠っていたんだ、今さら金を返すなんて言われても応じるつもりはないけど。そもそも、金を返す当てができたっていう話も怪しいからね」

「そうなんですか？　いっぱい働いて、返済の目処が立ったから若月堂にいらっしゃったのでは？」

「あの男、自分の職業、なんて言っていた？」

「新聞記者、と」

「そう。あの男が借りた金は、一介の新聞記者がたった十年働いたくらいでは、とうてい返せる金額ではなかった。しばらく帝都を離れていたのだろうし、十年、地道に働いていたわけでもないだろう。金の用意ができたという言葉自体が怪しい。少なくとも、汗水垂らしてこつこつ働いた結果の金じゃない」

「たとえば、ですけど。ご親族から相続したものがあったとかは？」

実際、果琳がそうである。果琳が成人するまでは引き取ってくれた老夫婦が管理しているが、両親から相続した遺産があった。

「そういった幸運に恵まれる人間は、若月堂みたいな質屋には来ないよ。そもそも縁がない。もしも、本当にそれだけの金を用意できたとしたら、きっと良くない手段だろうよ」

「違法に手に入れた、ということですか？」

「法を犯しただけなら、まだ可愛げがある。もしかしたら、人としての倫理を犯しているかもしれない。人間社会では許されないような、とんでもない悪事に手を染めているんじゃないかな？」

「……でも、有希也さんのおっしゃるとおりだとしたら。そうまでして、もう手遅れだと分かっているのに、質物を取り戻そうと思ったんですね。だから、元木さんは若月堂を訪れたのでしょう？　それだけ思い入れのあるものだった」

「あの男から、質物の話を聞いたの？」

果琳が頷くと、有希也は溜息をついた。

「庭に咲いている花の香り。そして、その庭のある館に住んでいた御婦人との記憶、という風に、おっしゃっていました。どんな情念が籠められていたのでしょうね」

「さる館に住んでいた御婦人への、道ならぬ恋心だよ」

有希也は、懐からガラスの小瓶を取り出した。きっちり栓のされた瓶は、空っぽに見えるのに、どうしてか栓がされている。

「これはね、恋の香りであり、恋の記憶なんだよ」

有希也は瓶を振ってみせた。

「瓶の中に閉じ込めているんですね。若月堂の先代から引き継ぎを受けていない、と言ったわりに、有希也さんは色々とご存じなんですね」

「あの男に、ばか正直に話すわけないだろう？　この質物はね、俺の特別なんだ。だから、どうしても返したくない」

「元木さんは、どうしても返してほしいみたいですけど」

「ばかだよね。でも、仕方ないのかもしれない。ぜんぶ忘れるよりも、中途半端に忘れている方が残酷だ。大事な記憶の中身は忘れてしまったのに、それを忘れていることは分かる。気になって仕方なかっただろうね」

「ぜんぶ忘れていたら、いっそ楽になれたのかもしれません。でも、わたしは、そちらの方が残酷だと思います。何も知らずにいる不幸だってあるでしょう？」

少なくとも、果琳が同じ立場であったら、少しでも憶えていたい。

大事なものが何であったのか分からなくとも、大事なものがあったという事実は認識していたかった。

「何も知らない方が幸せなことだって、世の中には、たくさんあるよ。残酷な真実になんて、一生、気づかない方が幸せだ」

「元木さんの質物も、そういうものなんでしょうか？」

質物として預けていたものが、元木に戻ったとき。

彼に襲いかかるのは、残酷な真実なのだろうか。

「少なくとも、質物を取り戻して、大団円、とはいかないよ。楽しくない話は、これくらいにしておこうか。明日、氷室のところに用事があるんだけど、果琳も一緒に行く？」

氷室。馴染みの古物商の名に、果琳は首を傾げる。

「こちらから伺うんですか？」

あの人は、月初めになると若月堂にやってくるのだ。果琳が記憶する限り、有希也の方から、氷室のもとを訪ねたことはなかったはずだ。

「向こうから呼び出しがあったんだよ。悪い話じゃなければ良いんだけど」

翌日になって、氷室のもとに向かうため、果琳と有希也は若月堂を出た。

「やっと出てきた」

すると、店の前には、待ち構えていたように元木の姿があった。

(まさか。昨日、わたしのことを追いかけてきて。そのまま、ずっと、店の前にいらっしゃったのでしょうか?)

元木の服装は、昨日、果琳を呼び止めたときと同じだった。

元木は、一度、有希也の手で店から締め出されている。だから、店の前で待ち構えていたのかもしれない。

「店主! 話を」

「いくら積まれても、あの質物は返しませんよ。もう若月堂のものだ。約束は守ってもらいます」

「あんたじゃなくて先代との約束だ。亡くなっているなら、その約束だって無効じゃないのか?」

「無効になりません。当時、そのように契約を結んでいるはずですよ。面倒ですが、探しましょうか? あなたが書いて判を押したものを」

「……っ、金ならあるんだ!」

「今さら金を返しても意味がありません。返済もせず踏み倒して、帝都から出ていったのは、あなたでしょう？」

「お嬢さん！　お嬢さんからも何か言ってくれよ、な」

元木が追いすがるように、果琳に向かって手を伸ばしてきた。その手を叩き落としたのは有希也だった。

「触るな。あなたが触れて良い人ではありません。果琳、行くよ」

果琳はためらいがちに、有希也に続いて歩き出す。

すると、元木は鋭いまなざしで、果琳のことを睨みつけてきた。

「何が、立派な仕事だと思う、だ。お嬢さんはそう言ったくせに、結局、俺のこと馬鹿にしているんだろう？　うだつのあがらない新聞記者、だからまともに話を聞かなくても良いと思っているんだろ？　なあ！」

「果琳、構わないで」

「良いよなあ、あんたらは！　金貸しなんてうすぎたねえ商売で、楽して良い生活をして」

元木は血走ったまなこで叫ぶ。

有希也が、思わず立ち止まってしまった果琳の手を取った。そうして、元木のもとから逃げるように、足早に歩きはじめる。

元木の姿が見えなくなっても、恐ろしい顔をした元木のことが、果琳の頭から離れなかった。

「有希也さんは、元木さんの質物に籠められていた情念、まだ食べていないんですか？」

「食べて、質物を元木さんに返してしまえば良いと思った？」

「有希也さんが何かを譲る必要はないと思っています。悪いのは返済を怠っていた元木さんですから。でも、こんなに風に付きまとわれるくらいなら、いっそのこと返した方が良いのではないか、と」

元木の質物は、すでに若月堂――有希也の所有物になっている。すでに元木から差し出されているものだ。

いつでも、有希也は元木の質物に籠められていた《情念》を食べることができる。

「あの質物だけは返したくないんだ」

果琳は眉を曇らせる。

（有希也さんではなく、若月堂の先代が手に入れた質物なのに？）

これほどまでに、有希也がこだわる理由が分からなかった。

氷室の一族が営んでいる古物商は、若月堂からも遠くない場所にあった。

ちょうど帝都劇場のあるあたりで、新しい建物が次々と出来あがっていることから、これからもっと栄えていくことが分かる区画である。

こざっぱりとした店内には、来客に応対するための椅子とテーブルがあるだけで、何かしらの価値のあるような物品は並んでいない。

若月堂とは違って、取りあつかう品々を店頭に並べることはしないらしい。

「呼び出して悪かった」

開口一番、氷室は険しい顔つきで謝罪を口にした。

「君が呼び出すなんて珍しいね」

「若月堂だと、余計な邪魔が入る可能性があったからな。こちらに来ていただくことにした」

「うちに来る客人を、邪魔、とは。ひどい言いようだ」

氷室は眉間のしわを濃くした。

「あなたのところの客は、あまり良い客人ではないだろう？　本当に首が回らなくなって、最後の最後で訪ねてくる。あなたよりも、帝都にいる悪徳高利貸しの方が、まだマシと思うこともあるな」

「心外だな。うちは金貸しとしては、ずいぶん良心的だと思うよ。それで？　邪魔が入ると困る話を聞かせてくれるんだろう？」

「最近、あなたが預かった質物について確認したい」

「どうして？　最近なら、まだ質流れしたわけではないのに」

質流れ。質物を所有する権利が、有希也のものになること。

客人に金を貸したばかりなら、まだ有希也のものではない。古物商を営んでいる氷室のもとに売り払われることもない。

まだ質流れしていない品々は、本来、氷室には関係ないはずだ。

「つい先月。帝都の外で、馴染みの古物商の家が襲われた。人死にが出たそうだ」

「物騒なことで」

果琳はうつむく。氷室の言っている事件に心当たりがあった。おそらく、女将から聞いた強盗殺人のことだろう。

「その古物商だけでなく、帝都の近隣で、金目のものを持っていた家が何件も襲われている。舶来の銃を持っているらしい」

「舶来の銃、ね。あれは弾の装塡に時間が掛かるから、あまり強盗には向かないと思うけれども。刃物でも使った方が楽だ」

「装塡に時間が掛かることなど、素人には分からない。脅しとしては十分だ」

「脅しのつもりで、うっかり何人か殺しちゃったのかな？　人を殺した方が動きにくくなるだろうに。あまり頭が回る連中ではなさそうだ」

「頭の回る連中なら強盗などしない。俺が、あなたを呼び出したのは、盗まれた金目のものが《若月堂》に流れているのではないか、と疑っているからだ。あなたの店は、盗品であろうとも質物にするだろう？」

果琳は息を呑む。氷室が語ったことは、果琳にとっては初耳だった。

（盗品も質物になる？）

果琳が知る限り、有希也が質物として求めるのは、当人が大切にしているものだ。風見の少女人形も、由香里の庭も、彼ら自身の思い入れ――情念が籠められたものである。

しかし、考えてみれば、盗品であったとしても有希也には関係ないのだ。

そこに誰かの情念が籠められていることだけが、有希也が質物に求めている条件である。

必ずしも、金を借りる人物の情念である必要はない。

「誰かの手に渡った時点で、それは盗んだ人のものだからね」

「ばかなことを。盗まれたならば、もとの持ち主のものだ」

「君にとっては、ばかなことかもしれない。でも、俺たちにとっては、そういう認識なんだよ」

「ならば、やはり、この頃、あなたのところに持ち込まれた質物に、盗品があったのではないか？　あなたのところなら足がつかない」

有希也は溜息をつく。

「盗品があったとして、どうするの？」

「持ち主に返す。被害にあったのは、付き合いのある同業者と言っただろう」

「残念ながら、盗品はないと思うよ。そもそも、君たちの言うところの価値あるものは、最近、俺のところに来た質物には含まれていない」

氷室の同業者から盗まれたものならば、世間一般で価値ある、高値がつくものだ。しかし、有希也のところに持ち込まれる質物は、大半は、俗世間の価値ではかることのできないもの、世間一般では二束三文にもならない品が多い。

最近の質物には、高値で取引されるような品はなかったのだろう。

「若月堂に流れていないならば、何処に？」

「君がさっき言った高利貸しのところにでも流れたんじゃない？　君のところも気をつけた方が良いかもね」

有希也の言うとおりであった。

氷室のところも金目のものをあつかっているのだ。同業者と同じように、強盗殺人の犯人に目を付けられるかもしれない。

「あなたこそ気をつけろ。若い娘を預かっているのだから」

果琳を一瞥してから、氷室は溜息を零した。

氷室の店からの帰り道。

「氷室さんの言っていた強盗殺人、わたしも噂を聞きました」

「君の耳にも入るくらいなら、けっこうな騒ぎなのかな？　この頃、帝都では警官の姿が多いのも、その関係かもしれない」

「おそらく。若月堂も気をつけた方が良いのかもしれません」

「ただの強盗なら、あまり気をつける必要はないんだけどね。若月堂には招かれざる客は来ない。店に辿りつくこともできない」

果琳は、やはり、と思う。

女将に若月堂のことを説明したとき、彼女には思い当たる節がないようだった。何か建物があることは分かっていても、それが何の店なのか分からなかった。

帝都で商売をしている人間が、若月堂のような大きな通りの一等地にある店を知らない方が不自然だというのに。

「お金を借りたい人や、過去に借りたことのある人しか辿りつけない、ということでしょうか？　でも氷室さんは月初めに訪ねてきますよね。わたしだって、質入れするわけでもないのに、若月堂のことを見つけられますよ」

その点がひっかかる。

質屋の客人だけが辿りつくことができるなら、果琳も氷室も若月堂を認識できないはずだ。

「君や氷室は、店ではなく、俺が招いている。だから、若月堂に辿りつける」

「お店と有希也さんで、何か違いがあるんですか？」

「違いはあるよ。店の客は、ドアベルが鳴る。あれは店が鳴らしているんだ」

「お店が。だから、わたしや氷室さんのときドアベルが鳴らないんですね。わたしたちは店ではなく、有希也さんが招いた客だから」

「そう。……さっきも言ったけど、ただの強盗なら気をつける必要はないんだよ。店や俺が招かないと、そもそも若月堂には辿りつけない。安心してよ。君が怖い目に遭わないよう、今度こそきちんとするから」

「有希也さんは、いつもきちんとしていますよ」

「きちんとしているなら、君を二回も危険な目に遭わせていないよ。風見さんのときも、由香里さんのときも」

「あのときは、どちらも、わたしが自分から危険なところに向かったのが悪いので」

果琳の迂闊さが原因だ。有希也の落ち度ではない。

「いや、俺が悪いよ。もっと気をつけなくちゃいけなかった。人間は、俺たちよりもずっと脆くて、弱い生き物だ。すぐ死んでしまうんだから、気をつけないといけなかったのに」

「心配してくださるのは嬉しいですけど。あまり、そういう風に言わないでください」

「そういう風？」

「わたしは有希也さんよりも脆くて弱いかもしれません。でも、だからといって、有希也さんに全部を背負われるのは困ります。わたしの命は、わたしが責任を持って自分で守るもの。もう二度と、有希也さんには背負わせたくありません」

十年前、すでに一度、有希也には果琳の命を背負わせてしまっている。

火の海になった館から果琳を助けた――果琳の命を背負った結果、有希也は大火傷を負ったのだ。

有希也自身が後悔していない、と言っても。

もう二度と、自分のせいで、彼を危険にさらしたくない。

「白玉さん？」

若月堂の前に白い猫の姿があった。その猫の姿が、いつもと違うことに気づいて、果琳は慌てて駆け寄る。

真っ白な前足が、赤く染まっていた。

「果琳、触らないで」

白玉に触れようとした果琳を止めたのは、有希也の鋭い声だった。

「怪我をされているのかもしれません」

「怪我はしていないと思うよ、それは白玉の血じゃない。……鍵が壊されている。店に誰か入ったな。白玉、運悪く居合わせたね？　びっくりして、ご自慢の爪でひっかいたんだろう」

有希也はつぶやくと、若月堂の扉を開ける。

果琳は絶句する。店内は激しく荒らされていた。ドレスの飾られていたトルソーは倒れて、来客用の椅子は土足で踏み荒らされたのか靴跡が残っている。

特に荒らされていたのは、ガラス製の扉のついた戸棚だった。

店を荒らした人物は、そこに納められていた何かを探していたのだろう。

「困ったね。なかなか派手にやられている」

「警察に言いましょう」

「言っても取り合ってはくれないよ。警察に伝手はあるけど、向こうは俺のことを良く思っていないからね」

「でも！　何か盗まれているかもしれません」

「果琳。君は何も気にしなくても良いよ。盗まれたけど、盗んだところで、相手には何もできない。そのうち返ってくるから」

　有希也は微笑んだ。

（そのうち返ってくる？）

　盗まれたものが、待っているだけで返ってくるとは思えない。もしかしたら、すでに誰かの手に渡っていたり、売られてしまったりしたかもしれない。

　それなのに、有希也に慌てた様子がないことが不思議だった。

「大事なものでしょう？　質物なら、有希也さんが生きるために必要なもの」

「そうだね。すごく大事な、ぜったいに手放したくないものだ」

　何が盗まれたか分かっているような口ぶりだった。

　手放したくないもの。有希也が、そう話していたものが何であるのか、果琳は察してしまった。

（まさか元木さん？）

　ガラスの小瓶。元木の道ならぬ恋心が籠められているもの。

　彼が恋した婦人がいた庭に咲く花の香りと、彼女との記憶を閉じ込めたものだった。

　店が荒らされたというのに、有希也はいつもどおりだった。果琳たちの日々は、表面上は穏やかに過ぎてゆく。

だが、果琳の頭からは、いつまでも盗まれたもののことが離れなかった。

「元木くんに用事があるの？」

宿屋の女将のところを訪ねると、彼女は目を丸くした。

「はい。お聞きしたいことがあって」

「実のところ、この頃、あまり部屋にいないのよね」

「何処にいらっしゃるか、心当たりはありませんか？　女将さんは、元木さんとは長い付き合いなんですよね」

「それはそうなんだけど……。もしかして、元木くん、果琳さんがお世話になっている質屋さんで、何か問題を起こしたの？」

果琳が驚くと、女将は困ったように続ける。

「あの人が若いときも何度かあったのよ。銀行さんだったり、質屋さんだったりと揉めたことが。お金にだらしがない人だから」

果琳は言葉を失った。そうと知りながら、宿の一室を貸しているのか、という果琳の疑問に、女将は気づいたのだろう。

「親戚だから放っておけなかったのよ。田舎の親御さんやご兄弟とは縁を切っているのも知っていたからね。……昔、とても心配なことがあって。前にも話したかしら？

もう十年近く前になるけど、あの人しばらく様子がおかしくなっていた時期があったのよ。日がな一日、ぼうっとして、まともに食べることも寝ることもできなくなった」

「今は、そんな風には見えません」

「ええ。あるとき、本当に突然、元に戻ったの。その後すぐ、あの人は帝都を出ていってしまったから、何があったのか聞くこともできなかった。――でも、これは私たちの事情で、果琳さんたちが気にする話ではないのよ。元木くんは何をしたの？」

「実は、お世話になっている質屋さんに泥棒が入ったのです。決めつけてはいけないと思います、偶然かもしれません。でも、盗まれたものが、元木さんが質入れしたものだったんです。元木さんは、もともとその質物を返してほしい、と言っていたので、お話を聞きたくて」

女将は溜息をつく。

「疑われるのも無理ないわ。元木くんが戻ってきたら、私から声をかけましょう。だから果琳さんは、一人で事情を聞こう、なんて思わないのよ。ここは私の顔を立てて、待っていてくださる？」

女将にそう言われて曖昧に頷いたものの、果琳の心は晴れない。

（待っているうちに、あの質物が何処かに行ってしまったら？）

もちろん、事情を知らない者たちにすれば、あれは中身の空っぽな瓶だ。大して価値があるものではないから、買い手がつくとは思えない。元木とて、あれほど質物を取り戻したいと思っていたのだから、そう簡単には手放さないかもしれない。

だが、それらは果琳の勝手な想像でしかない。

若月堂から盗まれてしまった以上、質物の行き先は、元木の意のままだ。

果琳は女将と別れてから、帝都の街を歩く。

(元木さんは新聞記者だから)

帝都の新聞社が発行している新聞を片端から調べたら、元木の名前が載っている記事があるかもしれない。

果琳は帝都にある図書館に向かうと、片端から新聞をあらためる。

数日前の新聞を読んでいると、その日の新聞は、一社だけ一面の内容が違った。

他の新聞社を出し抜くように書かれた記事は、巷で噂になっていた強盗団が逮捕されたことを報じていた。

帝都の近辺を荒らし回っていた強盗団は、警察の大規模な作戦により捕まったらしい。

記事の隅には、元木の名前があった。

果琳は図書館を出て、元木が所属しているであろう新聞社を訪ねる。

約束もなく訪ねてきた果琳に対して、たまたま居合わせた記者は嫌そうにする。しかし、忙しいから帰れ、と言った記者は、果琳が元木の名前を出した途端、顔色を変えた。

「あいつなら、さっき辞表を出しにきたよ。帝都から出るつもりらしい。急に辞めるなんて迷惑なやつだよ。用事があるなら、今から追いかけたら間に合うんじゃないか？」

「どちらに向かわれたのか、ご存じなのですか？」

「世話になっているところに顔を出すって言っていたな」

果琳は急いで宿屋に戻る。

「元木さん！」

果琳は声を張りあげる。

ちょうど宿屋の中に入ろうとしていた元木は、果琳を見るなり、ばつが悪そうな顔になる。まるで後ろめたいことがあるかのように。

「若月堂のお嬢さん。いったい何の御用で？」

「帝都を出られるのですか？　新聞社をお辞めになるそうですね。何か、ご事情が？」

「あー、田舎に帰ろうかと思って」

「縁を切っていらっしゃるのに？」

　女将からは、そう聞いている。

　元木は目を丸くしてから、わざとらしく頰を指でひっかいた。

「女将か？　あの人も口が軽いなあ」

「わたしが無理を言って、お聞きしたのです。元木さん、最近、若月堂にいらっしゃらないのは、どうしてでしょうか？　あれほど質物を返してほしい、とこだわっていたのに」

「もう、どうでも良くなったんだよ」

「どうでも良くなったのではなく、質物を手に入れることができたから、もう訪ねてこなくなったんですよね」

「……俺が盗んだって言いたいのか？」

「若月堂に盗みが入ったことを、ご存じなのですね」

「世間知らずのお嬢さんに教えてやるけど、俺は警察に伝手があるんだ」

「警察には届けていません」

　だから、若月堂が盗みに入られたことを、元木が知っているはずがない。

「はは。いきなり訪ねてきたかと思えば、一方的に盗人あつかいとは、失礼な話だな」

「もし、あなたが盗みに入っていない、と。そう納得できるだけの説明をいただけるのならば、礼を欠いた、と謝ります」

「俺が盗みに入ったという証拠はないだろ」

「返してください。あれは有希也さんのものです」

有希也が、ぜったいに手放したくない、とこだわった質物だ。果琳の好きな人が大事にしていたものだ。

果琳が引き下がらないと分かったからか、元木は何も言わず、宿に入ろうとする。思わず、彼の外套の袖を摑むと、勢いよく突き飛ばされた。果琳はすぐに立ちあがって、また元木を引き止めようとする。

「しつこいな。分かった。金か？　いくらなら納得する？」

「お金に換えられるものではありません！」

引き下がらない果琳に、元木が大きく舌打ちをしたとき、表の騒ぎを駆けつけたのか、女将が宿の中から出てくる。

「元木くん！　いったい何の騒ぎ？」

「女将！　助かった。このお嬢さんが難癖つけてくるんだ。まったく困ったもんだよ。助けてくれ」

女将は果琳の姿を見つけて、それから目を吊りあげた。

「果琳さんから話は聞いているのよ」

「……俺が盗みに入ったって？　いったい何の証拠があるんだよ。このお嬢さんよりも、俺の方がずっと付き合いが長いのに。疑うのか？」

「疑われる理由も分かるでしょう？　私は、あなたが何度もお金絡みで問題を起こしているのを知っているのよ。借金を用立ててあげたこともあるじゃない。親戚だからと目を瞑ってきたけど、あなたは昔から少しも反省しない。これ以上は面倒を見ることができないわ」

「ああ、そうかよ。俺だって、こんな安っぽい宿なんて願い下げだよ！　さっさと出ていってやる」

「元木さん。まだ話は終わっていません！」

元木は鬱陶しそうに、果琳を追い払うように腕を振り回した。

「うるせえな。俺が盗んだって言うのなら、警察でも何でも呼べば良いだろ？　できねえから、警察にも相談しなかったんだろ！　自分たちが薄汚い商売して、後ろ暗いことがあるから相談できなかったくせに」

元木は声を荒らげて、宿屋の扉を蹴飛ばした。

ガラスの嵌められた引き戸が外れて、地面に倒れる。衝撃で引き戸のガラスが割れて、あたりに飛び散った。

「何事ですか！」

通りの向こうから警官が駆けてくる。通行人の誰かが呼んだらしい。

元木は警官の姿を見るなり、逃げるように人混みに飛び出していった。

追いかけようとした果琳は、足に走った痛みに立ち止まってしまう。運悪く、地面に散らばっていたガラスの破片が、草履の隙間から刺さったらしい。じんわりと足袋に赤い血が滲んでくる。

そうこうしているうちに、元木の姿は見えなくなった。


冷たい雨が、ぽつり、ぽつり、と降りはじめていた。

「元木さんと揉めたんだって？　気持ちは嬉しいけど、危ないことはしないでほしかったな」

事情聴取のため、警察まで連れていかれた果琳を迎えにきたのは、若月堂にいるはずの有希也だった。

「有希也さん、どうして」

「君がなかなか帰らないから、何か怖いことに巻き込まれているのではないか、と思って、警察に連絡を取ったんだよ。本当に怖いことに巻き込まれていたみたいで、肝が冷えた」

「……有希也さんは、警察のことを避けていたのでは？」

「避けてはいないけど。前に、警察に伝手がある、と言ったことがあるだろう？　そもそも、風見さんや由香里さんのときだって後始末に警察の力を借りている」

「でも、若月堂に盗みが入ったのに、警察には言いませんでした」

「ああ。それは、言っても無駄だと思っただけ。俺の店のものが盗まれたからといって、まともには取り合ってはくれないだろうよ」

「まともに取り合ってほしいのならば、まともな商売をするんだな」

果琳と有希也のもとに、初老の警官が近づいてくる。

「こんばんは。うちの従業員が世話になったみたいで」

有希也はひらひらと片手をあげて、警官に挨拶をする。警官は眉をひそめて、有希也のことを睨みつけた。

「こんな若いお嬢さんを巻き込むとは見損なった」

「見損なうほど、俺の評価が高いとは思いませんでした」

「減らず口を」

「俺が何を言っても気に食わないんだから、困ったものですね。果琳のことは連れ帰っても？」

「その前に、お前の事情聴取がある」

「俺？　俺は何もしていませんけれど」

「盗品のことだ！　お前のところに流れている可能性がある」

「盗品。ああ、帝都の外で悪さをしていた強盗団の？　そういえば、捕まったのでしたっけ」

「捕まえたが、やつらが盗んだものの行方が分からない」

「それが、若月堂に流れているのではないか、と疑っているんですね」

　古物商の氷室がそうであったように、どうやら、警察は有希也を疑っているらしい。

「若月堂には、たっぷりと前科がある」

「調べるなら、うちよりも別のところが先でしょう？　帝都には、良くない高利貸しがいる。そこの元締めをしているのも悪い連中です。あなたが探している盗品は、あちらさんから異国にでも流されたのでは？　昨今、国外との取引でも大きな利益を出しているみたいですよ」

　有希也が微笑むと、警官は眉間のしわを深くする。

「……捕まえた強盗団は、舶来の銃を持っていた」

「では、なおさら、あちらさんを捜査した方が良いでしょう。捕まえたという強盗団もトカゲの尻尾切りだったのかもしれませんね。全員、捕まえたのですか？」

「まだ疑わしい男が残っている。我々に強盗団の情報を提供してきた新聞屋の男だ。どうにも仲間割れが起きていたらしい」

「仲間を売って、利益を総取りしようとしたんでしょうね。元締めの怖い連中にも背を向けて、今は慌てて逃げるところかな」

「そちらのお嬢さんと揉めていた男だ。行き先に心当たりがあるなら、お嬢さんにも力を貸していただく必要が……。お嬢さん。もしかして、卯月ヶ丘の？」

警官は、まじまじと果琳の顔を見つめながら、思い出したようにつぶやく。

「果琳のことを、ご存じで？」

「どうして、若月堂なぞに身を寄せていらっしゃる？　火事の後、遠縁の夫婦に引き取られた、と聞いていたが」

「いろいろあって、今は若月堂にお世話になっているんです。よく、わたしと分かりましたね」

十年も経てば、人の姿かたちは変わる。そのうえ、あの頃の果琳は子どもだったから、今とは印象が異なるはずだ。

「顔立ちが母君とそっくりだ」

そっくり。そう言われても、果琳はもう母親の顔を憶えていないので、曖昧に笑うことしかできなかった。

それほど果琳の顔は、亡くなった母に似ているのだろうか。

「あの火事のことは申し訳ない。犯人を突き止めることもできなかった」

警官はこめかみに指をあて、悲痛な面持ちで言う。

「でも、きっと、手を尽くしてくださったのでしょう？　それでも捕まらなかったのなら、それは……」

仕方ないこと、とは言えない。

だが、仕方ないと飲み込むべきなのだろう。

「本当に無能ですよね。警察なんて当てにならない」

「有希也さん？」

「さっさと捜査を打ち切った。残されたのが、果琳みたいな小さな女の子だったから、そうしたんでしょう？　もっと強い権力を持った人間が、それこそ果琳の父上でも生き残っていたら話は違ったはず」

有希也は吐き捨てると、果琳の手を引いて歩き出した。

若月堂に帰る道中、ずっと有希也は険しい顔をしていた。

「ありがとうございます。わたしのために怒ってくださって」

「単純に腹が立っただけ。放火犯が捕まらなかったのは、警察の怠慢だ。あのとき力を尽くしてくれたら、捕まえることができたはずだ。こんな十年も経って、どうにもできなくなる前に」

冷たい夜風が頬を撫でる中、果琳は目を伏せる。

「おっしゃるとおり、もう、どうにもできません。わたしは法に詳しくありませんが、あの火事の時効が十年というのは知っているんです」

「もう裁くことはできないから、犯人のことは、忘れたい？　どうでも良い？」

帝都に来る前の果琳は、犯人のことを考えないようにしていた。

自分のせいで火傷を負った有希也について考えることで、無意識のうちに、犯人から目を逸らしていたのだ。

いまの果琳は、どうだろうか。

犯人のことを知って、十年前の火事に向き合うことができるだろうか。

「忘れたくないです。どうでも良い、とも思いません」

有希也は何かに迷うように、果琳から目を逸らした。

（もしかしたら、有希也さんは何かご存じなのでしょうか？）

果琳の知らない、あの夜の火事にまつわる何かを。

若月堂に帰って、果琳は店内に置かれた質物を見渡した。

ガラスの戸棚に視線を遣ると、有希也が冗談めいたことを言っていた包丁や、用途の分からない舶来の雑貨などが飾られている。

盗みに入られて荒らされた店内は、有希也の手で元通りに直された。

元通りにならなかったのは、有希也が見せてくれたガラス瓶だけだ。

(有希也さんの大切なものを、取り戻すことができませんでした)

元木の居場所を知っていたのに何もできなかった。

そのとき、りぃん、とドアベルが鳴った。

客人が来たのか、と顔をあげた果琳は息を呑む。

そこにいたのは元木だった。

「お嬢さん。店主はいるか？」

果琳は絶句する。どのようなつもりで、再び店に顔を出したのか。

「いらっしゃい。また来てくださると思っていました」

動揺する果琳と違って、有希也は平然としていた。まるで、元木が店に来ることを予期していたかのように。

「どうやったら、質物を返してもらえる？」

元木が鞄から取り出したのは、盗まれたガラスの瓶だった。返すも何も、すでに元木は質物を盗んで、無理やり取り返しているではないか。

「返すことはできません。もう若月堂のものになっているので」

「瓶を開けることができない。無理やり割ろうとしても、何をしたって割れない。ここに、あの花の香りと、俺の記憶があるんだろう？　俺が質物として預けたもの。それは知っているんだ。金を借りたとき、あんたの前の店主が、質物が何であったか教えてくれたから」

「前の店主は、あなたに、こう言いませんでしたか？　借金を踏み倒したら、質物はあなたのもとに戻らない、と。それを理解したうえで、あなたは金を借りたのでしょう」

「金ならあるんだ。いくら払えば良い？」

「金。あなたが、お仲間と一緒に手に入れた金ですか？　あちらこちらで盗みを働いて、仕舞いには仲間割れをして。今ごろ、元締めの怖い連中が、あなたのことを血眼になって捜しているのでは？」

「そこまで分かっているなら、早く返してくれ。そうしたら、俺はさっさと帝都の外に行くから。あんたたちの前には二度と顔を出さない」

元木の言っていることは理屈が通らない。

そもそも、先に契約を破り、借りた金を踏み倒したのは元木だ。質物を取り上げられても文句は言えない。

　そのうえ、質物を勝手に盗み出した男が、どうして「返してくれ」なんて言うのか。

「お嬢さんからも店主に言ってくれよ。なあ」

「……わたしが、有希也さんに？　有希也さんは悪くないのに」

　人の善意を信じたかった。人が罪を犯しても、悪事に手を染めても、それは状況がそうさせただけで、当人の性根の問題ではない。

　そう信じたかったのに、元木を前にすると、果琳の信念は揺らいでしまう。

　果琳が大事にしたい有希也を悲しませてまで、この男が善意のある生き物だ、と信じる必要があるのだろうか。

「元木さんは、どうして質物を返してほしいのですか？」

　有希也は微笑んでいた。この場にいる者たちの中で、有希也だけが平静を保っていた。

「頭が、おかしくなりそうなんだ。……最初は良かった。香りや記憶なんていう形のないものを質入れするだけで、大金が手に入ったんだから。けれども、だんだん、ここに質入れしたものが、俺の中から消えてしまったものが気になって、ふとした瞬間、欠けた香りを、記憶を探してしまう。仕舞いには、毎晩、夢に出てくるんだ。女の後ろ姿が！」

　女。それは、かつて元木が恋をしていた婦人の後ろ姿か。

「そうでしょうね。その香りも記憶も、あなたにとって大切なもの。あなたにとって代えのきかない《宝石》だ。――でも、よろしいのですか？　それは、あなたにとって幸福なものとは限りません。あなたが質入れしたものは、あなたには抱えきれないものだった。抱えたままでは、あなたは正気でいられなかった」

果琳は思い出す。女将は言っていた。元木は、いっとき様子がおかしかった、と。有希也の言うような正気ではいられなかった時期があるのだ。

（質入れしたから、それを手放したから正気に戻った、ということですか？）

ならば、元木の質物は、彼にとって幸福なものではない。むしろ、恐ろしい何かなのだ。

「ごちゃごちゃ言っていないで、いいから返せ！」

「では、一度、お返ししましょう」

有希也がそう言った瞬間、元木が持っていたガラスの瓶が、突然、開いた。まるで見えない力で開けられたかのように。

瞬間、あたりに漂ったのは、果琳もよく知っている花の香りだった。

（梔子の、香り？）

生家の庭に植えられていた花で、夏を迎える度に感じていた香りだから、間違えるはずがない。

甘やかな花の匂いが、あたりを満たす。

瞬間、元木が奇声をあげて、地面にうずくまった。

彼は何度も頭を床に叩きつける。

果琳は震えたまま動けなかった。目の前で起きていることに、心が追いつかない。

「思い出した」

やがて、懺悔するように、元木が、ぽつり、と零した。

「はじめて会ったのは、あの人の夫に取材したときだった。帝都で大きな顔をしている資産家。そいつがやっている慈善事業、金持ちの道楽の取材のために訪ねた。……あの人は、立派な職業ですね、と微笑んでくれた。その後も、会う度、俺のことを気遣ってくれた」

誰の返事も期待していないのだろう。まるで独り言のように、彼は続ける。

「あの人は、俺に惚れていたんだ！　だから、あんなに気に掛けてくれた。なのに、あの人は、夫と娘がいることを理由に、気持ちを打ち明けてくれなかった。仕舞いには、二度と顔を出さないように、と本心でもないことを言うんだ。だから、俺から会いにいくしかなかった」

「……何を、言って」

「警備の厳しい家だった。どうやっても中に入り込むことはできそうになかった。でも、庭に抜け道があったんだ。梔子が咲く庭に」

果琳は言葉を失った。

梔子を植えた庭のある家は、果琳の生まれ育った館だけではない。しかし、記憶にある庭と一致する話に、嫌な予感がする。

元木の言っていた婦人が誰なのか、否応なしに理解してしまう。

果琳の母のことだ。

十年も経って、もう顔も思い出すことはできないが、あの人は誰にでも優しい人であった。

その優しさが、元木には自分だけの特別なものに映ったのだろうか。

「館に火をつけた。その火事に乗じて、あの人を連れ出そうと思った。なのに、……あの人は拒んだ。だから、殺してしまった」

果琳の瞳から、大粒の涙が零れた。

あの夜、館が火の海になった頃には、母はすでに事切れていたのだ。目の前の男が、自分の思いどおりにならなかったから殺した。

「火をつけたのは、あなただったんですね」

果琳の声など、まるで聞こえていないのか。

元木は過去の幻覚を追いかけるように、ふらふらと身体を揺らす。それから、まるで何かの幻を見ているかのように、目を見開く。

「殺したのに。どうして、ここにいるんだ？　今度こそ、俺のものになってくれるのか。だから、会いに来てくれたのか？」

果琳を見て、否、果琳を通して、彼は恋した女の幻を見ている。

あの警官が言っていたことが真実ならば、果琳の顔立ちは、母親と似ているらしいから。

果琳は思わず、元木から目を逸らしてしまった。

「こっちを見ろよ！　また、また俺のことを拒むのか？　手に入らねえなら、何度だって殺してやる。俺のものにならなかったあんたが悪いんだ」

次の瞬間、空気を切り裂くような音が響いた。同時に、果琳は肩を突き飛ばされて、尻餅をついてしまう。

「有希也さん？」

頭から血を流して、有希也が倒れていた。

うずくまっていたはずの元木の手に、舶来の銃が握られていた。

（どうして、有希也さんは動かないの？）

まるで心臓が止まってしまったかのように、有希也の身体はぴくりとも動かない。

果琳は青ざめたまま、有希也に視線を遣った。

頭を撃たれて生きていられるはずがない。

果琳の好きな人は、こんなにも呆気なく、簡単に命を奪われてしまった。

(悪い夢を、見ているのでしょうか?)

目に映るすべてが遠く感じられた。いま何が起きているのか理解することを、果琳の頭は拒んでいる。

拒んでいるのに、気づけば、果琳の身体は動いていた。

果琳は立ちあがって、ガラスの戸棚にあった包丁を握る。

震える手で、包丁の柄を握りしめた。

十年前、果琳の愛する両親を、優しかった使用人を死に至らしめた男がいる。

あの火事で生き残ったのは果琳だけだった。果琳だけが、焼け死んでしまった人たちの仇を取ることができる。

倒れこんだまま、涙や鼻水を垂らしながら、ひい、ひい、と息をする元木は、目の焦点が合っていなかった。それでも、果琳を通して見える幻を殺したいのか、何とか銃に弾を装塡しようとしている。

恋した女を焼き殺してしまった事実を突きつけられて、正気ではなくなっている。

今ならば、果琳であっても、簡単に殺すことができるだろう。

(許せない。この人は、わたしの大切なものを、十年前も今も奪った)

十年前の火事だけではない。この男は、有希也まで殺した。再び果琳から大事なものを奪ったのだ。

そう思ったのに、果琳の脳裏を過ったのは、困ったように笑う宿屋の女将だった。

親戚だから心配なのよ、と。元木に厳しい言葉を掛けながらも、彼女は今も心の何処かで元木のことを案じているのではないか。

こんな男であっても、こんな男を大事に想っている誰かがいる。

「果琳」

それは穏やかに流れる川のような、あるいは淡く差し込む月の光のような、静謐な声であった。

振り返ると、頭から血を流した有希也が立っていた。

「どうして」

「化け物の血筋だからね。鬼なんて呼ばれていた時代もあるくらいだよ。そう簡単にはくたばらない」

有希也は果琳のことを背後から抱きしめるように、腕を伸ばしてきた。果琳よりもひとまわりは大きい手が、包丁を握った果琳の手を包む。

「怖い？　誰かを傷つけることが」

「この人は、両親の、あの館にいた皆の仇です。わたしが……わたしが、殺さないと、死んでいった人たちが浮かばれないでしょう？　何の罪も犯していないのに、殺される理由なんてなかったのに！」

元木の身勝手な恋心で、理不尽にも命を落としたのだ。

「ゆ、有希也さんのことだって撃ちました。あなたが死んでしまったかと、思った。また、わたしの大事なものを奪うつもりなのだ、と」

「そうだね。でも、この男に、君が殺すほどの価値はあるの？」

「価値なんて、そんなの。……そんなのっ、分かりません。だって、有希也さんが言ったのでしょう？　ものの価値は人によって変わる、と。わたしにとって、この男は《がらくた》です。でも、でも、でも……」

果琳が、こんな男、と思っても、この人は誰かに大切にされて、愛されている人かもしれない。

「こんな男でも、誰かにとっての《宝石》かもしれない。そんな風に考えてしまう時点で、果琳には誰かを傷つける才能はないよ。――だから、君の恨みも憎しみも、ぜんぶ俺が貰いうけるよ」

有希也はそう言って、果琳の手を撫でる。

彼は、包丁を握り込んだまま固まってしまった果琳の指を、一本、一本、解いてゆく。

「俺が、君の代わりに殺してあげる。一息になんて殺してやらない。苦しんで、のたうちまわって惨めに死ぬように」

果琳のまなじりを、透明な涙が伝う。

「大丈夫だよ。俺は化け物だから、誰かを殺したって、人間のように自責の念に駆られたりしない。俺にとっての《宝石》は君だ。だから、君の身も心も守るためならば、俺は何だってできる」

柔らかで優しいささやきに、全て委ねてしまいたくなった。

両親や皆の仇を前にしても、手を汚す覚悟を持てない果琳の代わりに、元木のことを殺してくれるのだ。

「……有希也さんに、そんなことさせたくないです」

「どうして？　こんな男ひとり殺したくらいで、俺は傷つかないよ」

「わたしにとっての有希也さんは《宝石》なんです。こんな男の命を背負わせたくありません。有希也さんが手を汚す価値なんて、この男にはない。わたしが大事にしたいのは有希也さんだから」

果琳は、震える指先で、もう一度、包丁を握り直した。そうして、自分の意思で、そっと床に包丁を落とした。

「元木さん」

元木の虚ろな目が、果琳に向けられる。しかし、彼の目に映っているのは、果琳ではないのだろう。

手に入れることのできなかった女が、梔子の香る庭にいた果琳の母の姿が映っているのだ。

意味をなさない、くぐもった声を上げながら、元木が果琳に手を伸ばしてきた。果琳は、元木の手を強く払いのけた。遠い日に、同じことをしたであろう母のように。

「何度殺されても、あなたのものにはなりません」

母が生きていたら、きっと、そう告げたはずだ。

元木は、身を震わせて、それから糸が切れた人形のように動かなくなった。

「元木さんのことは警察に任せます。わたしとは関係のないところで、法によって裁かれることを望みます。十年前の放火は時効かもしれませんが、最近の強盗殺人のことは、きっと正しく裁かれるでしょう」

有希也は表情を曇らせる。

「良いの？　いま、ここで殺してしまった方が、ずっと君の心は晴れるかもしれないよ」

「ほんの一時、心が晴れたとしても。わたしは後悔します。あなたに手を汚させてしまったことを。……だから、良いのです。でも、でもね、有希也さん。少しで良いから、ぎゅっとしてくださいませんか？」

　果琳は次々と溢れる涙を拭いながら、なんとか声に出した。

「少しだけなんて寂しいことを言わないで。君が望むなら、いくらでも抱きしめてあげる」

　果琳は泣きながら身を翻して、有希也の胸に飛び込んだ。

　声をあげて泣く果琳のことを、すべてのものから守るように、有希也は強く抱きしめてくれた。


　なんだか、ずっと悪い夢を見ていた気がする。

　どんな夢だったか？　いやあ、どうしてか思い出せないんだよな。ただ、ずっと頭に靄がかかっているみたいで、ここしばらく、どんな風に生活していたのかも分かりません。

　今だって、どうやって、この質屋に来たのかも憶えていないんです。

　ああ、待ってくださいよ。憶えていないからって、金を借りない、なんて言いません。だって、いま、ここにある大金、俺に貸してくださるんでしょう？

……本当に、こんな大金を貸してくれるんですか？　利子も取らないなんて、えらい太っ腹な質屋ですね。さぞ儲かっていらっしゃるんでしょうよ。

俺は、いったい何を質入れしたんですか？　香りと記憶？　その空っぽの瓶に入っているんですか？　なるほど、俺が卯月ヶ丘の御婦人に恋をした、と。知っていますよ、梔子の綺麗な庭があった、金持ちの家でしょう。

じゃあ、そこにあるのは庭に咲いていた梔子の香りと、御婦人に恋した記憶なんですね。

あんたが、その瓶に入れたわけか。

形のないものを質物にするなんて、信じられるのか、って？　信じますよ。それで、金を借りることができるなら。

金に換えられるくらいなんだから、質入れしたものだって、大したものじゃないんでしょう。思い出せなくても何の問題もない。

世の中、金さえあれば、大抵のことは思い通りになる。

思い通りにならないのなんて、それこそ人の心くらいなもんでしょうよ。こればかりは、金ではどうしようもできない。

え？　なんで嗤っているんですか、店主。

いつか、俺が、この店に来る？　そのときは自分以外の者が、店主になっているかもしれないが……、なに、あんた死ぬんですか？

いや、あんたが死んだとき、質物はどうなるのかって思っただけだよ。

契約は引き継がれる？　ああ、そ。じゃあ、俺が万が一、踏み倒したら、もう質物は返ってこないんだな。

べつに良いよ、それで。

そんな香りや記憶がなくても、俺は金さえあれば幸せだから。


あの後、有希也は元木のことを警察に突き出した。

肝心の元木は、まともな会話も成り立たないらしく、警察はずいぶん困っているらしい。強盗団の一員であることは明らかだが、自白は期待できない、と。

「頭の傷、病院に行かなくても大丈夫なんですか？」

「寝ていたら塞がったよ。石頭だから助かったね」

「こんなときまで、冗談を言ってはぐらかさないでください」

「冗談ではなく本当のこと。銃で撃たれたくらいでは死なないよ、ふつうの人間じゃないんだから。痕は残るかもしれないけど、どうせ髪に隠れて分からない」

果琳は拳を握りしめる。

「有希也さんが、死んでしまったのではないか、と。怖かったんです」

「心配かけて、ごめんね。いや、謝るのは、それだけじゃないね。元木さんのことも、ぜんぶ知っていたのに黙っていた」

有希也は知っていたのだ。

元木こそ、果琳の住んでいた館に火をつけた男であることを。

「どうして、教えてくださらなかったんですか？」

「今さら犯人が見つかっても、法で裁くことはできない。それなら、本当のことなんて何も知らない方が、果琳は幸せなんじゃないか、と考えた」

「そう考えたのに、私のいるところで、あの瓶の蓋を開けたのですね」

瓶の蓋を開けてしまったら、果琳はすべてを知ることになる。有希也の望んだ、何も知らない果琳ではいられなくなる。

「最後まで、君には隠そう、と思っていたよ。今でも思っている。……でも、君が言ったから。館に火をつけた犯人のことを、忘れたくない、と。もう、どうしようもないのだとしても。君は、十年前のことを知りたかったのだろう？」

「……はい」

「本当に。本当に、すごく嫌だったんだよ」

「嫌だったのに、わたしのために自分の考えを曲げてくださったのですね。……ねえ、有希也さん。ずっと元木さんに質物を返そうとしなかった理由を、教えていただけませんか？　有希也さんの口から知りたいです」

「この香りを手放したくなかったから」

有希也はガラスの瓶を取り出して、果琳の前にかざす。

瓶は、見た目だけならば空っぽに見える。しかし、蓋を開けた途端、馥郁たる花の香りがした。

「やっぱり。庭に咲いていた、梔子の香り」

果琳の心に浮かんだのは、美しい梔子の花と、その花の陰から現れた二人の幼馴染みだった。

笑顔の可愛い有希也、月のように美しかった黎。

二人の子どもたちは、小さな果琳にとって宝物のような友人だった。

「俺は人ならざるものだけれど。そんな俺にも、思い出を懐かしむ心くらいはあるんだよ」

「有希也さんが、頑なに香りを返そうとしなかったのは」

きっと、この香りにあった。庭に咲いていた梔子の香りは、三人の思い出の香りだ。

その思い出を手放したくなくて、有希也は質物にこだわった。

「あの庭は燃えてしまったけれども、俺たちの思い出まで燃えてしまったわけではない。この香りがある限り、何度だって、思い出すことができると信じたかった」

目を伏せると、十年前のことがよみがえる。あのとき抱いた黎に対する友情も、有希也への恋情も、変わらず果琳の胸にあった。

「わたしも、そう思います。大事なものは燃えてしまったけれども。思い出までも燃えてしまったわけではない、と」

果琳だけではなく、有希也もそう思ってくれたことが嬉しかった。

果琳が大事にしていた、けれども誰かにとっては石ころくらいの価値しかない思い出を、有希也も大切にしてくれていた。

そのことが泣きたくなるほど嬉しかった。

＊

若月堂の窓から、月明かりが差している。

天井近くに作られた窓は、異国から取り寄せた色ガラスを嵌めており、差し込んだ月明かりが様々な色に光る。

そうして、店内に収められた質物を照らし出すのだ。

とうに果琳の寝入った深夜に、俺は一人で若月堂にいた。

異国でつくられた小瓶を開けると、梔子の香りが、ふわり、と漂う。

若月堂の質物となった以上、この香りは消えることなく瓶に残される。だから、何度だって、遠い日の思い出の縁にできる。

（果琳の家の庭に植えられていた、梔子の香り）

幼い頃に迷い込んだ、美しい庭の象徴たる花だった。

梔子の木々をかき分けると、そこには愛らしい、御伽噺から生まれたような少女がいたのだ。

エプロンドレスを着て、長い黒髪をバレッタでまとめた少女は、団栗のような大きな瞳で、俺たちのことを見つめた。

遠い昔、異国の血が混じったという薄灰色をした瞳。

その目に、自分たちの姿が映っていた日々を忘れたくなかった。

この香りは、あの頃を思い出すための鍵だった。箱の中に仕舞い、鍵をかけていた記憶が鮮やかによみがえる。

美しい梔子の花が、枯れることなく俺のもとに戻ってきた。

あるいは、宝石のように大事にしていた思い出が、そのままの形で、俺のもとに帰ってきた。

君が遠く離れた土地で、幸福になっていてくれたら、俺の心は穏やかでいられた。黎の訃報など無視して、あるいは遠い地で悼むだけに留めてくれたら、何もかも諦めるつもりでいた。

(すべてを知っても、優しい君は、ぜんぶを許してくれる？　……泣いて、怒って、最後には許してくれるのかもしれない。でも、そんな風に傷つけるくらいなら、ぜんぶ隠しておきたい)

季節は巡る。

柔らかな春は過ぎ去って、もうじき梔子の花咲く夏が訪れるのだ。

幕間《三》

　火事から助け出された果琳は、目を冷ましたとき病室にいた。

「先生！　卯月ヶ丘のお嬢さん、目を覚ましました！」

　横たわる果琳の視界に、白衣を着た男が入り込んだ。

　見覚えのある医師だった。時折、病弱な母のために往診に来てくれていた、父が懇意にしていた医師だ。

「目が覚めて良かった。憶えているかな？」

「館が、燃えていました」

　気づいたら火の海だった。

　幸福だった果琳の日常は、瞬く間に崩れ去った。

「これから、ひどいことを言う。君にとっては受け入れがたいことだと思うが、君には知る権利があるからね。あの館に住んでいた人たちで、助かったのは君だけだったよ」

　果琳の両目から、大粒の涙が零れた。

　両親も使用人たちも、皆、此の世にいないのだ。別れの言葉を伝えることもできぬまま、彼らは二度と会えない場所に旅立ってしまった。

「みんな炎に？」

「君だけが助け出された。勇気ある男の子によって」

果琳は思い出す。

火に包まれる館で、果琳に手を差し伸べてくれた男の子を。意識は朦朧としていたが、あの手の感触は覚えている。

「わたしを助けてくれた男の子は？」

「別のところに運ばれたよ。ひどい火傷だったから」

「……そんな」

「顔の半分くらい焼け爛れてしまってね。お嬢さんのことを、命がけで守ったのだろう」

涙が止まらなかった。

両親や使用人たちを喪ったうえ、大好きな男の子に、大きな火傷を負わせてしまった。

その後、果琳は遠縁だという血の繋がらない老夫婦に引き取られた。

老夫婦に引き取られてからの十年、ふとした瞬間、帝都での日々を思い出した。その度に、心に暗い影が落ちた。

黎からの手紙に、弱音を書いてしまったこともある。

ちょうど黎の訃報を貰う前も、そんな手紙を書いてしまった。


黎ちゃんと有希也さんに会いたい。

有希也さんに火傷を負わせたわたしは、あの人にお会いする資格もないのでしょう。頭では分かっているのに会いたい。

新しい土地でも、わたしは恵まれているのだと思います。何不自由なく生きてゆけるのですから。

それなのに、寂しい、と感じてしまうのです。

わたしは、もう黎ちゃんの顔も有希也さんの顔も、はっきりと思い出すことができません。

たった十年の歳月すら、わたしは憶えていることができなかった。


その後、黎からの返信はなかった。

代わりに届いたのが、突然の黎の訃報であった。

果琳は引き取ってくれた老夫婦のもとを飛び出して、十年ぶりの帝都に向かった。

そうして、予期せず、有希也と再会することになったのだ。

四・くちなしの恋

The Love of a Gardenia

夏の日差しが厳しい季節となった。

いつものように台所に立ちながら、ふと、果琳は思う。

(そろそろ、約束の一年です)

有希也が一年の手伝いを提案したのは、去年の秋のことである。果琳が帝都での生活をはじめたのは冬になってからだが、有希也の言う一年は、おそらく秋をもって一年、という意味だ。

夏が終われば、約束の期日がやってくる。

黎の質物を譲ってもらえる日が訪れるのだろう。

有希也は何も言わないが、果琳から話を振っておくべきなのだろう。

有希也との日々も終わりを迎える、と思ったら切ない気持ちになったが、仕方のないことだ。

(黎ちゃんの質物を手に入れたら、その後は、あの人たちのもとに戻る。きっと、それがいちばん良い)

遠縁の老夫婦のもとに戻って、大人しく成人までの日々を過ごす。

胸のうちにある有希也への恋心を思うと、後ろ髪引かれる気持ちはあった。

しかし、やはり有希也に恋心を告げる勇気が持てなかった。

彼が気にしないといっても、火傷の負い目は消えない。

有希也に火傷を負わせてしまった果琳が、今さらどの面下げて好きなどと言えるだろうか。

（黎ちゃんのこともあります）

黎と有希也の間には、果琳の知らない二人だけの絆があった。その絆を感じ取っているから、なおのこと、気持ちを伝えることはできない。

有希也の心の深いところには、亡くなった黎の存在がある。

「白玉さん？」

果琳の足下には、いつの間にか白い猫がいた。有希也の飼い猫ではない。誰かに餌付けされた結果、若月堂に居着いている猫だった。

その餌付けした誰かは、おそらく黎だ。

十年前の印象のままだったら、餌付けしていたのは、黎ではなく有希也と思っただろう。

動物を好いていたのは、黎よりも有希也の方だったから。

だが、実際のところ、有希也は動物が好きでも、動物からは好かれていなかった。

白玉は、いつも有希也と距離を置こうとする。

（動物が好きでも、動物からは好かれない有希也さんのために。黎ちゃんは、白玉さんを餌付けしたのでしょうか？）

有希也と黎の仲を想像して、やはり少しだけ寂しくなってしまう。

黎の最期に、有希也が寄り添ってくれたことを嬉しく思っている。それなのに、仲間はずれにされた、と寂しさを覚えてしまう自分が、時折、嫌になる。

白玉は、にゃあ、と小さく鳴いて、果琳の足に身体を擦り寄せてきた。まるで果琳を慰めるかのように。

「あなたは優しい子ですね。黎ちゃんに似たのでしょうか？」

黎は、果琳の寂しさに気づくのが上手な人だった。自分の気持ちを手紙に書き綴ることができなかったときも、まるで果琳の心を覗き込んだかのように、果琳の気持ちを分かってくれた。

昼食の仕度をして、白玉にも餌を与えてから、果琳は有希也に声をかけるために若月堂に向かった。

すると、そこには有希也だけではなく、来客の姿があった。

「氷室さん？　いつもは月初にいらっしゃるのに」

古物商の氷室は、果琳を見るなり眉をひそめた。

「店主の気まぐれで呼び出されただけだ。……お嬢さんは、まだ若月堂にいるのか」

「はい。一年だけという話だったので、もうすぐ終わりですけれど」

「なるほど。その方が良いだろう。この男と関わっても、お嬢さんに利はないからな」

果琳はうつむく。氷室は、果琳のことを心配して言っているのだろうが、有希也を悪く言われるのは堪える。

「有希也さんが、氷室さんを呼びつけるなんて珍しいですね」

「すぐにでも売り払ってしまいたいものがあったからね。黎の形見」

果琳は、一瞬、何を言われたのか理解できなかった。

「……黎ちゃんの、形見？」

「氷室の言うところの、ごく稀な価値のあるものだったからね。思っていたよりも、ずっと良い値がつくと思うんだ」

「待ってください！」

果琳の制止も構わず、有希也は続ける。

「手に入れた質物を売る、売らないは、俺の勝手だろう？　黎が死んで、黎に貸した金は返ってこなかった」

だから、貸付金を回収するために、黎の形見――黎の質物を売るという。

「《若月堂》は、商売にならなくても良い、とおっしゃっていたでしょう？　黎ちゃんの形見を売らなくても、有希也さんは困らないはずです！　いいえ、そもそも、わたしに譲ってくださる、という約束で」

「それなら、今すぐ、その約束が証明できるものを示してよ。口約束も契約だ。でも、その契約を証明するものがないならば、言った言わないの水掛け論だろう」

「そ、んな」

「世間知らずの箱入り娘は、こうやって欺されるんだよ。……不満があるなら、代わりに一年間のお給料くらい言い値で払ってあげる。希望を言いなよ、金はあるから」

「黎ちゃんの、親友の形見ですよ？　お金には換えられません！」

「親友と思っていたのは、君だけかもしれない。俺の言葉が信じられない？　君と違って、この十年、俺は黎と顔を合わせていた。それこそ大金を貸してやるくらいの仲だった」

「黎ちゃんの気持ちを、有希也さんが勝手に語らないでください」

「なら、君が語るの？　君が、黎の何を知っているのか教えてくれよ。何も知らないくせに」

有希也は嘲笑うように言った。

果琳は耐えきれず、若月堂を飛び出した。

外に飛び出していった娘の背中を見つめて、氷室は溜息をつく。

珍しく呼び出されたと思ったら、事情も分からないまま、揉め事に巻き込まれたらしい。

「君にお願いがあるんだ」

若月堂の店主の言葉に、氷室は眉をひそめた。

たった今、大事にしている娘が飛び出していったというのに、何を暢気にお願いなどと口にするのか。

「お願い？」

「応じるか応じないかは、君次第だよ」

「応じなかったら、うちとの取引を切るつもりだろう。そういうのは、お願いではなく、脅しと言うんだ。お嬢さんのことだな」

「そう。果琳のこと追いかけてほしいんだ。心配だから」

「あなたとお嬢さんの事情は知らないが、心配ならば、どうして突き放すようなことを言った？」

「……？　それが必要なことだったたから。それでね、果琳に追いついたら、君から

《卯月ヶ丘》の話をしてあげてほしいんだ」

　卯月ヶ丘。

　十年ほど前まで、とある資産家が持っていた土地である。氷室は関わったことはないが、その資産家の家には、氷室の祖父が何度か出入りをしていた。

　ひどい火事が起きて、一人娘だけが生き残ったはずだ。

　若月堂の店主は詳しいことを話さなかったが、その生き残った娘が、この店で手伝いをしていた娘なのだろう。

「店主。あなたといると、同じ言葉を使っているはずなのに、話が通じない、と思うことがある」

　まさしく、人でなし。

　時代によっては、鬼と呼ばれていたことも納得できる。

　いまは隠居した氷室の祖父が、かつて言っていた。

　若月堂の連中を相手にするとき、対等な取引相手と思ってはいけない、と。

　最初から、彼らは氷室たちと同じ土俵に立っていない。遥か頭上にいながら、気まぐれに相手をしてくれているだけなのだ。

「失礼だね。ちゃんと同じ言葉を使っているよ。それで？　返事は？」

「あなたの言うとおりにしよう。あなたは人でなしだが、人でなしなりに、あのお嬢さんの幸せを願っているのだろう？　どうせ、あなたから逃げることはできないのならば、お嬢さんは、あなたの掌で踊らされている方が良い」

「君も大概、悪い男だよね」

「あなたに言われたくない」

氷室は眉間のしわをほぐすように指をあててから、外に視線を遣った。

もうすぐ一雨来そうな天気であった。

傘も持たずに飛び出した娘を捜しにいかなければならない。

＊

若月堂を飛び出した果琳は、あてもなく歩く。急に降りはじめた雨が、なぶるように全身を濡らしたが、少しも気にならなかった。

「黎ちゃん」

黎のことを親友と思っている。

（黎ちゃんの顔も、はっきり思い出すことができないのに？）

それなのに親友なんて、と、心の中で誰かが嘲笑う。

果琳は手紙に書いたことがある。もう、有希也や黎の顔を、はっきり思い出すことができない、と。時の流れは残酷で、どれだけ憶えていたいと願っても、記憶はどんどん薄れていった。

果琳は足下が崩れてゆくような不安を感じる。

いつも思い出は胸にあった。何もかも燃えてしまっても、記憶までも燃え落ちたわけではない。

そう思ったことは、本当に正しかったのか。

火の海に沈んだ梔子の庭が、二度と戻らぬように。

親友との思い出も、可愛い男の子に抱いた初恋も、すべて掌から零れてしまったのではないか。

「お嬢さん。そのままでは風邪を引く」

背後から傘を差される。

振り返ると、若月堂に顔を出していた氷室がいた。

「若い娘が身体を冷やすものではない。うちの店に来ると良い。俺ひとりではなく妹もいるから、安心してくれ」

氷室は溜息をつくと、立ち止まっている果琳の手を摑んだ。強引ではあったが、恐ろしい手つきには感じられなかった。

迷子になった子どもの手を引くような仕草だったからかもしれない。

　氷室の家が営んでいる古物商に着くと、中から若い女性が出てくる。氷室の言っていた妹だろう。

「兄さん、お客様？　まあ、雨に降られたの？　待っていて、いま何か拭くものを持ってくるから」

　氷室の妹は、ずぶ濡れの果琳を見るなり、すべての事情を察したらしい。彼女は駆け足で店の奥に向かう。

「すみません」

「謝らなくて結構。こういうときは、お互い様だ。いつか俺が困っているとき、あなたが助けてくれたら、それで良い」

　そう言いながらも、きっと、氷室は見返りを求めていない。

「ありがとうございます。気にかけてくださって」

「若月堂の店主と言い合いになっていただろう？　あの後、あなたが戻らなかったから心配だったんだ」

　果琳はうつむく。

　氷室は、黎の質物を買い取ったのだろうか。

「……氷室さん。今日、店から買ったもの。わたしに売っていただくことはできませんか？　いくらでも出します。何年かかってもお支払いします。だから、お願いします」

自分で口にしながら、何とも不誠実な言葉だと思った。

すぐに金を支払うことができるわけではない。黎の質物がどれだけ値打ちのあるものかも知らない。

それなのに、ただ想いだけで売ってほしい、とお願いしている。

「あのとき、口を挟むことができなかったのだが。そもそも今日は、ものを買い取るために若月堂を訪ねたわけではない。呼び出しがあったから応じただけだ」

「え？」

「何も買い取っていない。あの店主は、今日、俺に何かを売るつもりはなかった。お嬢さんの知りたいことの答えになるか？」

（有希也さんは、黎ちゃんの質物を売っていない。売っていないのに、どうして、あんな嘘を？）

「込み入った事情があるのだろう。あなた自身が、そもそも訳ありだろうからな。卯月ヶ丘のお嬢さん」

果琳は目を丸くした。

「わたしのことを、ご存じだったのですか？」

「隠居した祖父が、あなたの生家に出入りしていた。それに、若月堂の店主は卯月ヶ丘の土地とも縁が深い。それなりに察するものがある」
「あの土地と縁が深い、というのは？」
「俺は、あの人が持っているものの中にある、価値あるものを買い取っている。もの
と言っても、店に置いてあるものばかりではない。建物や土地も対象だ。卯月ヶ丘は、
あの人が売ってくれなかった土地だからよく憶えている」
「え？」
「お嬢さんは知らなかったようだが、いま卯月ヶ丘の土地を所有しているのは店主だ。
……あなたたちの事情は知らないが、先ほど揉めていたのも、どうせ悪いのは店主な
のだろう？　あの人は昔よりも困った人になったからな」
昔よりも困った人。それは果琳などよりも、よほど深く、有希也を知っているが故
の言葉だった。
「氷室さんは、有希也さんとは長い付き合いなのですか？」
「うちの一族と若月堂の関係は長いが、あの店主と俺の付き合いは、ここ数年のこと
だ。祖父が隠居するというので、代わりに俺が訪ねることになったから。――ちなみ
に、店主の名前もろくに憶えていなかった。有希也と言うのか？　たしかに、お嬢さ
んはそう呼んでいたな」
「え」

「驚いたか？　名前など知る必要がなかったからな。うちの祖父も同じだろう。誰が店の主でも、若月堂の店主、としか呼ばなかったくらいだ」

若月堂は、有希也の一族が営んでいる店である。

実際、有希也の前に店主だったのは、有希也の母のようであった。その前も同じだろう。代々、有希也の親族の一人が店主を務めているのだ。

若月堂の取引先である氷室たちにとって、どれだけ代替わりをしたところで、皆、等しく《若月堂》の店主でしかない。

「お嬢さんこそ、あの店主と長い付き合いなのか？」

「幼馴染み、と言って良いのか分かりませんが……。子どもの頃に、お友達になったのです。わたしが帝都から離れていたので、再会するまで十年間もお会いしていなかったのですが」

「俺よりも古い知り合いなのだな。あなたから見ても、あの店主は昔と変わったか？」

「変わったところもあるかもしれません。でも、わたし、いまの有希也さんのことも好きです。好きになりました」

子どもの頃に抱いた恋心は、たしかに今も胸にある。しかし、それだけではなかった。

帝都で再会したあと、ともに過ごすうちに、また好きになった。

「そうか。好きならば、少し頭を冷やしてから店主と話し合えば良いだろう。自分も相手も生きているんだ、いくらでもやり直しがきく。喧嘩をしたら、仲直りをすれば済む話だ」

生きていれば、やり直しがきく。それは、とても心強い言葉であり、どうしようもなく胸を締めつける言葉でもあった。

生きている有希也と、これから話し合うことはできる。

だが、死んでしまった黎とは、やり直しがきかない。新しい関係を築くことはできない。

（だから、わたしは黎ちゃんの質物が欲しかった。黎ちゃんの心が知りたかった）

死んでしまった黎の気持ちを、黎自身から聞くことはできない。遺されたものから、その心を知るしかない。

「仲直りできるでしょうか？」

憶えている限り、果琳は喧嘩という喧嘩をしたことがなかった。

誰かと揉めることが恐ろしくて、いつも揉める前に引き下がっていた。だから、一度でも喧嘩したら、関係性のすべてが終わると思い込んでしまった。

「できるのではないか？　そもそも、喧嘩のひとつやふたつ重く捉えすぎだ。一度でも喧嘩したら一緒にはいられないのか？　そんな訳あるか」

「ありがとうございます、慰めてくれて」

「事実を言ったまでだ。……すぐには勇気が出ないのなら、少し時間を空けたら、どうだ？　お嬢さんが気になるのなら、卯月ヶ丘に立ち寄ってから戻ると良い。もうすぐ雨もあがる、服は妹のものを貸そう」

「そこまで、お世話になるわけにはいきません」

「世話になってほしい。そんなずぶ濡れのまま外に出して、あとで風邪でも引かれたら後味が悪いからな」


結局、氷室の店で、あれこれと世話を焼かれて、果琳は昼餉まで御馳走になることになった。

雨があがって、柔らかな日の光が降りそそいでいた。

氷室の店を出て、果琳は顔をあげる。

(有希也さんが、黎ちゃんの質物を売る、と。そう嘘をついたのは、何か理由があったのかもしれません)

怒りで目の前が真っ赤になって、有希也を責めてしまった。だが、あのとき果琳がするべきことは、怒ることではなく、きちんと話し合うことだった。

（黎ちゃん。わたしに勇気をくださいますか？）

果琳は目を伏せてから、決意を固めるように、ゆっくり開く。

帝都に戻って、有希也のところにいながら、ずっと訪ねることを避けていた場所がある。火事を思い出すから、どうしても訪ねることができなかった。

卯月ヶ丘と呼ばれる、かつて果琳の暮らしていた館があった丘だ。

あの土地が、三人の関係の始まりだ。だから、あそこに向かえば、有希也と向き合う勇気が出る気がした。

帝都にありながら、街中の喧噪からは外れた丘。

そこに、かつて果琳の暮らしていた館はあった。

燃え落ちた館は、すでに廃材も含めて撤去されており、ここに建物があったことも分からなくなっていた。

しかし、ただの空き地になっていたわけではなかった。

「どうして」

果琳は驚く。

館にあった庭だけが、あの頃と同じ姿であった。

あの庭とて、あの火事で焼けたはずだ。果琳は何も残らなかった、という話を聞いていた。

こんな綺麗な状態で、十年前の庭が残っているはずがない。

(庭が再建された？　きちんと手入れもされています。誰かが管理している)

果琳は、ためらいを振り払って、庭に入った。

緑萌える庭には、梔子の花が咲いていた。甘く、かぐわしい香りに、遠い日の記憶がよみがえる。時の流れで記憶は薄れてしまっても、たしかに幸福であったことを、果琳の心に教えてくれる。

梔子の咲く庭で、ともに過ごした日々は、この胸にたしかにある。

(黎ちゃん)

有希也に問わなくてはならない。

何度断られても、黎との約束だからと言われても、有希也が話してくれるまで、黎のことを訊くのだ。

いまになって、有希也が「黎の質物を売る」と嘘をついた理由を、知らなくてはならない。


日が暮れる前に、果琳は若月堂に戻った。

「おかえり」

有希也は、果琳が帰ってきたことに、ほっとしているのだろうか。安心したように笑みを零した。

「黎ちゃんの死について教えてください。あの庭は、いったい？」

　庭という言葉に、有希也は思い当たる節があったのだろう。

「卯月ヶ丘まで、行ったの？　君は、もう二度と、あそこには行かないと思ったのに」

「あの場所に行けば、有希也さんと向き合う勇気が出ると思ったのです。……黎ちゃんとの約束だから、と、有希也さんは何も言ってくださらない。でも、わたし、やっぱり黎ちゃんのことを知りたいです」

「黎は、自分の死について、君に知られることを望んではないよ」

「それが黎ちゃんの意思に反することであっても。十年、ずっと寄り添ってくれた親友の死を悼むこともできないまま、何食わぬ顔をして生きるのは嫌です。それに……わたしの自惚れかもしれませんけど。黎ちゃんが、その死について隠すのなら、それはわたしを思ってのことでしょう？」

　いつだって果琳の心に寄り添ってくれた人だ。黎が何かを隠すのならば、それは自分のためだと思った。

「参ったよ。俺の負けだ。君が言うように、黎は君のことが大切だから、自分の死について何も言わなかった。――黎は、病死だった」

「黎ちゃんが、有希也さんのところにお世話になったのは、ご病気の治療が理由だったのでしょうか？」

病気の治療のために、金銭的に困窮していたのか。

「違うよ。助かる病気ではなかったから、治療費を求めていたわけではない。ずいぶん長く患っていてね。……先が長くない人間に金を貸す場所は、俺のところしかなかった。返す当てがあるわけでもないし、ふつうの銀行だったら門前払いだ」

その点、有希也のところならば、話は変わってくる。

有希也が家業として継いでいる《若月堂》は、そもそも商売としての利益を必要としていない。

彼の一族は、異界からやってきた存在が、人と交わったものだという。

生きてゆくために、人の《情念》を食べる必要があるから、利益を度外視した商売をしているのだと。

彼らにとっての質屋は、生きてゆくための糧を得る手段であって、金銭的に回収ができなくとも、質物さえ手に入れば構わない。

だから、黎が病人であったとしても、金を貸すことができた。

黎が、有希也の求める《情念》の籠もった質物を持っているならば。

「治療費ではないなら、どうして？」

「卯月ヶ丘を買うために。君が知っていたか分からないけど、あの土地は、君が帝都を去った後、君を引き取った人たちの意向で売りに出された。……黎は、あの土地をどうしても手に入れたかった。燃えてしまった庭をよみがえらせて、いつか君に渡すために」

果琳は目を伏せる。

実に、あの親友らしい行動だった。離れていても、ずっと大事にしてもらっていたのだ。

「黎ちゃんが死んだから、あの土地は、いま有希也さんのもとに？」

「黎の遺言で、俺が貰った」

「黎ちゃんのことも有希也さんのことも。わたしは、知らないことがたくさんあったのですね」

「知らなくて当然なんだよ。十年前、俺も黎も、自分の素性を話さなかった。君は、俺たちのことを何も知らなかった、と悔やんだかもしれないけど。意図的に隠していたんだ」

「どうして？」

素性を隠したのは、決して、果琳を嫌っていたからではないだろう。果琳は二人から大切にされていたことを知っている。

ならば、何故、彼らは自らの生まれ育った背景を隠したのか。

「引け目だよ。俺は、こんな風に化け物だった。……黎は黎で、身寄りのない子どもで、君のように立派な生まれではなかったから」

「わたしは、有希也さんや黎ちゃんが、どんな生まれだったとしても。そのことで、あなたたちを悪く思ったりしません」

「君なら、そう言ってくれる。分かっていたのに、臆病者だったから、言えなかったんだよ。生きる世界が違うと思っていた」

「隣にいたのに、手を繋ぐことができたのに。生きる世界が違うなんて、そんな悲しいことはないでしょう？」

果琳は憶えている。果琳の両の手を、片方ずつ握ってくれた二人の友人のことを。

「君のそういうところに、黎はきっと救われたんだろうね」

果琳は首を横に振った。

「いいえ。救ってもらったのは、いつもわたしでした。……黎ちゃんは、苦労をされていませんでしたか？　何か力になれることが、あったのでは、と。もう黎ちゃんは戻らないのに、今になって悔やんでしまいます」

「苦労とは無縁だったかな。黎は身寄りのない子どもではあったけど、とても逞しかったから」

「逞しい」

果琳が、きょとん、と目を丸くすると、有希也は笑いながら続ける。

「世渡り上手だったよ。たくさんの人に好かれていて、その手を借りることをためらわない。君の助けがなくても生きてゆくことができた。生きてゆくことができたけど、いつも君の幸福を祈っていたよ」

黎との繋がりを持っていた有希也だからこそ、その言葉は重く響いた。

「はい。とても、とても大切にしてもらいました。ねえ、有希也さん。黎ちゃんの質物を、教えてくださいますか？　氷室さんから訊きました。黎ちゃんの質物、売っていないのでしょう？　わたしは黎ちゃんの心が知りたい」

黎の質物には、黎の《情念》が籠められている。

それを知ることで、ようやく黎の死を悼むことができるだろう。

「そうだね。売ってないよ、黎の質物」

「どうして、売り払うなんて嘘を？」

「嫉妬かな。君が、いつまで経っても黎のことばかり気にすることが嫌だったのかもしれない。君を残して死んだやつなんかよりも、いま隣にいる俺のことを見てほしかった、と言ったら、怒る？」

「怒りは、しませんけど……。でも、わたし、黎ちゃんのことばかり見ていたつもりはありません。この一年間、帝都で隣にいてくれた有希也さんのことだって、ちゃんと」

「俺だけを見てほしかった。黎のことなんて、忘れてくれたら良かった」

「あなたは、黎ちゃんのことを忘れていないのに？　有希也さんの心に、いつも黎ちゃんがいたように。わたしの心にだって黎ちゃんがいます」

有希也は不思議そうに首を傾げた。

「もしかして。果琳、俺と黎の関係を誤解している？」

「誤解、ですか？　ずっと仲良く、支え合っていたのでしょう？　わたしには分からない大事な絆があったのだ、と……」

「恋人だった、とか。そういう風に思っていた？」

明確な関係は分からない。だが、有希也は、黎に好意を持っていたのではないか、とは思っていた。

「お似合いだと思っていました。黎ちゃんは、とっても綺麗な女の子でしたから」

「それを言うなら、綺麗な男の子、だね」

「……男の子？」

「そう。やっぱり、ずっと勘違いしていたんだね。ここに黎がいたら、きっと不機嫌になっただろうな。腐れ縁と言っただろう？　俺と黎の間に、果琳が想像するような気持ちはなかったよ。黎は、俺のことなんて大嫌いだった。――おいで、黎の質物、教えてあげる」

有希也は、そっと果琳の手をとった。

果琳は、はじめて有希也の私室に入った。

ともに暮らしているものの、有希也は気を遣って、果琳とは生活する場所を分けている。食事などは一緒に摂るが、有希也の私室に入るような用事はなかった。

掃除を申し出たこともあったが、笑顔で断られた上、若い娘が夫でもない男の部屋に入るな、と説き伏せられたくらいだ。

有希也から差し出されたのは、螺鈿《らでん》細工の箱であった。

もともとは、おそらく装飾品などを入れるための箱なのだろうが、そこに入っていたのは見覚えのある手紙の数々だった。

「わたしが送った手紙」

帝都を離れてからの十年、果琳が送っていた手紙である。

まるで宝物を仕舞い込むように、その手紙は、一通、一通、丁寧に重ねられていた。

「黎は君のことが好きだった。此の世でいちばん大切にしたいと思っていた。……恋をしていたんだよ、君に」

恋。そう言われて、果琳は目を丸くする。

「黎ちゃんが、わたしのことを？」

「君は、まるで気づいていなかったみたいだけど。あの夏の庭で過ごしていた頃から、黎は君のことが好きだった。たとえ叶わなくても君を想っていた」

果琳のまなじりから涙が零れる。

果琳が大事に抱きしめていた有希也への恋心を、誰よりも深く知っていたのが、黎であった。

手紙を交わしながら、黎は何を想っていたのだろうか。

果琳の恋が、黎に向けられることはないと知りながらも、ずっと果琳の心に寄り添ってくれた。

黎は自分のことよりも、他人の――果琳の恋心を大事にしてくれた。

「わたしも、黎ちゃんのことが好きです。黎ちゃんと同じ気持ちではなかったかもしれないけれど、同じくらい強く、黎ちゃんのことを想っています」

果琳は声をあげて、小さな子どものように泣く。梔子の庭で過ごした頃も、手紙を交わしていたときも、心は近くに在ったのだ。

有希也は困ったように笑うと、そっと、果琳のことを抱き寄せた。

「いま、君に言うのは卑怯だと分かっているのだけど」

「有希也さん？」

「俺も、黎と同じくらい君を想っているよ。君のためならば、俺はね、何でもできるんだ」

有希也が差し出してきたのは、かつて、果琳が有希也に贈った宝石であった。

美しい紫水晶は、果琳が生まれたとき両親が贈ってくれたもので、幼い果琳にとっていちばんの宝物だった。

いちばん大事なものであったから、好きな男の子に贈りたかった。

「あの日の約束を、もう一度、交わしても良い？　今度は俺から言わせて。――結婚してください。必ず、黎の分まで幸せにするよ」

「有希也さんは、憶えていらっしゃったのですね」

幼かった果琳が願った、いつか、わたしと結婚してくれますか？　という言葉など、とっくの昔に、有希也は忘れていると思っていた。

「口約束でも、約束は約束だからね。俺、そういうのは死ぬまで忘れない性分なんだ」

「十年前、有希也さんのことが好きでした」

「いまは、もう好きじゃない？」

果琳は首を横に振った。

「大好きです。昔も、帝都で再会してからも。どちらのときも、有希也さんに恋をしました」

果琳はそう言って、強く、有希也に抱きついた。

幕間《四》

恋とは、どんなものでしょうか？

幼い頃、私は恋が何であるのか分からなかった。分からないのに、人の恋路を見つめることが多かったから、なおさら戸惑いも大きかった。

他人の恋は腐るほど見てきたのに、自分の恋は分からなかった。私は一生、誰かに恋をすることはないと思っていた。

それなのに、気づいたら恋をしていた。

梔子の庭にいた可愛らしい少女に、その無垢な心に思いを寄せていた。

果琳。私の宝石さん。

誰よりも大事にしたかった人。

私の生涯において、恋と呼べる気持ちがあるならば、あとにも先にも、あなたに抱く恋心だけでしょう。

あなたは何も知らず、幸せそうに、きらきらとした笑みを浮かべていてほしい。

あなたに恋をして、あなたを愛した。私なりに、あなたの身も心も、すべてを守りたかった。

私が勝手に思い描く《あなたの幸せ》と分かっていても、その幸せを壊したくなかった。

どうか、私のついた嘘に、あなたが気づきませんように。

終

一年前、うだるような夏の夜のことだった。

とある客人が、夜半の《若月堂》を訪ねてきた。

「白玉」

腐れ縁とも呼ぶべき若い男は、店に入ってくるなり白猫の名を呼んだ。

この男が餌付けしたせいで、居着くようになった野良猫である。にゃあ、と甘えるように鳴きながら駆け寄ってきた白猫に、男は機嫌良さそうに笑う。

「元気だった？　意地悪されていないか心配だった」

「意地悪なんてしない。猫なんて興味ないもの。今夜はいったいどうしたの？」

「一生のお願い」

男は笑いながら手を合わせた。

安酒でも引っ掛けてきたのか、やや呂律も怪しく、赤ら顔をしていた。それでも、愛らしい、という印象を受けるのだから、顔立ちが整っているということは、人の世では利点なのだろう。

実際、自分たちのような異界から来た存在も、人の世で生きてゆくために、人に好かれる容姿を得たので、そのあたりの機微は分からなくもなかった。

誰かに好かれる愛らしさも、美しさも、人の世では大きな力なのだ。

「あなたの一生の願いは、いったい何度目？」

「何度目でも良いだろう？　幼馴染みのよしみだ」

「腐れ縁の間違いでしょう。それで、また金の工面？　今度は誰に貢がせたものを持ってきたの？」

本当は腐れ縁とも思いたくない。

だが、質屋の客として、目の前の男は悪くないのだ。彼が持ち込むものは、自分たちが好むような、強い情念が籠められたものが多い。

目の前の男が、老いも若きも男も女も問わず、色恋で誑《たぶら》かし、身を崩すほど貢がせて得たものだ。それはもう、たっぷりと、決して褒められたものではない情念が籠められている。

「貢がせたつもりはなかったけど、結果的に、貢がせたようなものかもしれない。憶えている？　あの女の子」

「女の子？」

「卯月ヶ丘にある館に住んでいた、金持ちの女の子」

「果琳？」

その少女について男が言及したのは、実に十年ぶりだったかもしれない。

「そ。あの能天気な女の子。お前は仲が良かったよね？　黎」

「果琳と仲が良かったのは、あなたでしょう？　有希也」

黎は、いつも一歩下がった場所から、ふたりの遣り取りを眺めていた。いくら果琳が望んでも、二人の間に割って入ろうとはしなかった。

人は人と番うもの。

黎のような人ならざるものでは、人である果琳を幸せにすることはできない。

「俺は別に。向こうからは好かれていたとは思うけど、俺、金持ちは大嫌いだから。お前もだろう？」

黎――七つ屋《若月堂》の店主は、曖昧に笑った。

質屋の生業として、金銭をあつかってはいる。

だが、質屋は、黎たちにとって金を稼ぐ手段ではない。生きてゆくために、人の情念が必要だったから、質屋を営んでいるだけだ。

金銭の有無など、化け物である自分には大した意味を持たない。それによって、相手の好き嫌いが生じることもない。

だが、黎が何も言わなかったことを、肯定と捉えたのだろう。有希也は赤い顔のまま調子良く続ける。

「家を掃除していたら、良いものを見つけたんだ」

黎は目を見開いた。

自分にしては動揺してしまったのは、有希也の掌にある宝石に、見覚えがあったからだ。

「大きくなったら、わたしと結婚してくれますか？　なんて、バカなことを言って。この宝石をくれたんだよな」

憶えている。忘れるはずもなかった。

梔子の咲く庭で、果琳は恥ずかしそうに、有希也に問いかけていた。いつか、わたしと結婚してくれますか？　と。

その手には、果琳が両親から贈られたという紫水晶があった。

「質入れするの？　果琳は大切なものだから、あなたに渡したのに。結婚の約束の証として」

「結婚。お前だって、あんな約束、叶うとは思っていなかっただろう？」

「約束は叶えるものでしょう？」

「お前みたいなあくどい金貸しが、何を誠実なことを言っているわけ？　反吐《へど》が出る。俺は、いつもどおり、お前にとって価値あるものを質入れする。お前も、いつもどおり金を貸してくれよ」

「……それは」

「戸惑うのは、あの子に義理立てしてしているから？　いまも手紙の遣り取りしているんだろ」

「どうして、それを知っているの？」

「ああ。やっぱり、そうなのか。知らなかったけど、簡単に想像できる。お前、あの子のことが好きだったもんな。火傷も恐れず、火の海に飛び込んだ」

有希也はそう言って、黎の顔を指さした。

黎の顔には大きな火傷がある。付き合いの長い有希也は、それが果琳を助けたときに負ったものであることも知っていた。

「……あの子が好きなのは、私ではなかった。だから、あなたに譲った」

「譲った！　譲るしかなかったんだろ。あの子、お前のことを女と勘違いしていたくらいだったから。本当、ばかだよな。俺なんかではなく、お前を好きになっていたら、今も帝都で暮らしていただろうに。――憶えているか？　あの頃、館のあたりを、うろうろしていた男がいただろ？　あの子の母親に惚れていた新聞記者の」

嫌な予感がする。

先代から受け継いだ質物に、とある新聞記者から質流れしたものがある。

梔子の庭の香りと、その庭のある館に住んでいた女性の記憶。その女性に向けられた恋という名の情念が籠められたもの。

梔子の庭の香りに思い当たる節があったが、あまり深く考えないようにしていたものだった。

「……あなたといたとき、新聞記者と会ったことはない」

「あれ？　一緒にいたの、お前じゃなかったっけ？　別のやつといたのかな。どうしても館に入りたいって言うから教えてやったんだよ、庭の抜け道を。えらい金払いが良かったから、よっぽど館に入りたかったんだろうな」

「庭の抜け道を、知らない人に教えたの？」

あとから知ったのだが、果琳の住む館が燃えた火事は放火だったという。

長らく、黎は不思議に思っていた。

果琳の暮らしていた館は、放火されるような環境ではなかった。立派な塀に囲まれており、警備の者たちも多かった。不審な人間がいたら、すぐに気づいたはずなのだ。

誰にも気づかれず、館に入る方法を知っていたのは――。

黎と有希也だけだった。庭の梔子のもとへ続く抜け道は、二人だけの秘密だったはずだ。

「あなたが放火犯を招いたの？　果琳の館に」

「招いたって言われると、人聞きが悪いな。知りたいって言うから、金と引き換えに教えてやっただけ」

有希也は笑う。愛らしく、それ以上に邪悪な笑顔だった。

「金と引き換えに、あの子を危険にさらしたの？　あの火事で、果琳はたくさんのものを失ったのに」

「それの何が悪いわけ？　あの子は恵まれた家に生まれた。火事の後だって、遠縁に引き取られたっていうけど、新しい土地でも何の苦労も知らずに生きているはずだ。だから、多少の不幸な目にくらい遭うべきだ。それが平等ってやつだろう？」

恵まれた家に生まれたならば、不幸で帳尻を合わせるべきだ、と有希也は言う。

「何てことを」

「お前が火傷を負ったのは、悪かったと思っているけどさ。俺にとっては、何も使えないあの子より、お前の方が大事だから。……ああ、でも、いま良い歳だよな、きっと」

有希也は何かを思いついたように、両手を叩く。

「結婚の約束、叶えてやっても良いかもしれない。婿入りでもしようか。きっと、俺のために尽くしてくれる」

酔っ払いの戯言、思いつき。

そう切り捨てることができたら、どんなに良かっただろうか。

だが、この男は、そんな思いつきを簡単に実行する。何の罪悪感もなく、果琳のことを利用し、搾取しようとする。

それこそ、梔子の庭に続く抜け道を、金と引き換えに放火犯に教えたように――。

そう思ったとき、黎の身体は動いていた。

目の前が真っ赤に染まって、それから記憶は曖昧だった。


気づいたら、店には、頭から血を流した有希也が転がっていた。

べったりと壁にもたれかかるように、血を流したまま動かなくなっていた。

自分たちのような化け物と違って、人間は簡単に死んでしまう。そんなことも忘れるくらいの激しい怒りに襲われたのだ。

すべてを見ていた白猫が、にゃあ、と寂しそうに鳴く。

男が息絶えていることが、猫にも分かったのだろう。

(果琳の初恋が壊れてしまう。私が壊してしまう)

遠縁に引き取られてからの果琳は、何の苦労も知らずに過ごしていたわけではなかった。

遠い地で孤独にも頑張っていた果琳のことを、黎は誰よりも知っている。

子どもの頃に抱いた恋心を大事に抱きしめながら、それを支えに生きている少女を、手紙を通して誰よりも知っていた。

守らなくてはいけない。

彼女の、きらきらとした宝石のように美しい初恋を。

黎は事切れた男を、庭の桜の下に埋めた。


そうして、自らの訃報を書いたのだ。

✻

黎にとって、宝石のように美しく綺麗であった女の子は、有希也にとってはがらくたに過ぎなかった。

誰かにとっての宝石は、誰かにとっての《がらくた》である。

たったそれだけのことであった。しかし、それだけのことが許せなかった。

「あなたは何も知らなくて良いの」

恋と宝石は似ている。

美しくて、残酷なところが。

きらきらとした黎の想いは、宝石のように美しいものだったはずなのに、同じくらい残酷だった。

（私は、ぜんぶを守りたかった。あなたを生かした恋を壊したくなかった）

美しい初恋を、そのままにしてあげたかった。宝石のような初恋に隠された、醜いものなど見せたくなかった。

守りたかったのだ、彼女の幸福を。

「果琳。私の宝石さん。あなたの幸せが私の幸せ」

かつて黎という名を持っていた男は、そっと目を伏せた。幼い頃に芽生えた、きらきらとした恋を抱きしめるように。

梔子姫《くちなしひめ》は鬼《おに》の末裔《まつえい》と番《つが》う
七《なな》つ屋《や》若月堂《わかつきどう》と勿忘《わすれな》の質物《しちもつ》
東堂燦《とうどうさん》

2024年10月5日初版発行

発行者……加藤裕樹
発行所……株式会社ポプラ社
〒141-8210 東京都品川区西五反田3-5-8
JR目黒MARCビル12階

フォーマットデザイン 荻窪裕司（design clopper）
組版・校閲 株式会社鷗来堂
印刷・製本 中央精版印刷株式会社

ポプラ文庫ピュアフル

ホームページ www.poplar.co.jp

N.D.C.913/286p/15cm
ISBN978-4-591-18347-2
P8111385